Un ⟶ ⟵ ⟵ ⟶ne

en

Danger de Mort

Un Fantôme
en
Danger de Mort

Mission secrète
à la
Cité Internationale de la Tapisserie

Martine LEONETTI

ISBN-13 : 9798495327863

Couverture : Cécile Legrand
Composition graphique : Michel Loulergue
Imprimé en France

A tous les rêveurs !

Table des matières

C'est pas gagné !

Un fantôme appelle au secours à la Cité Internationale de la Tapisserie à Aubusson.

Il faut agir vite !
Eglantine, douze ans, a convoqué son cousin Hugo en toute urgence, ce samedi matin, chez elle, à onze heures précises.
L'info, elle la tient de sa meilleure amie, Alice, onze ans, qui elle-même tient l'info

de son meilleur ami Sir Johnnie Walk…Âgé de quelques siècles.

Dans la chambre de la jeune fille, Hugo, grand gaillard de quinze ans, écoute avec bienveillance sa cousine surexcitée.
Il s'est assis négligemment sur Tornado, un petit cheval à bascule qui proteste par des craquements sinistres.

A l'écart, Alice guette la réaction du bel ado.
— Bien ! Bien !... On va s'en occuper au plus vite. Je réunirai la T.H au complet, demain soir, promis !
— Pourquoi attendre demain ? Ce fantôme il a besoin d'aide tout de suite ! S'insurge Eglantine.
— Ne t'en fais pas pour lui ! Patienter un jour quand on a l'éternité devant soi, c'est que dalle !
Le jeune homme soupire en voyant l'air chagrin de sa cousine.
— Tu ne te rends pas compte !
A chaque fois qu'on intervient, on prend

de sérieux risques. On doit réfléchir ensemble pour s'adapter à une situation toujours différente et ce weekend, c'est mort ! Personne n'est libre dans l'équipe !

Il saute prestement de sa monture en bois qui craque de soulagement.
— Il faut que j'y aille maintenant. Les épreuves de cross reprennent de bonne heure et ma copine m'attend en bas.

Immédiatement Eglantine fonce à la fenêtre. Elle écrase son front contre la vitre.
Une jeune fille assise sur le scooter de son cousin, lève la tête vers elle.
Eglantine écarquille ses grands yeux verts.
— C'est plus Bérangère !
— De quoi j'm mêle ! Râle le jeune homme en enfilant rapidement son pull.
Eglantine se précipite vers lui.
— Attends ! Hugo ! Laisse-moi aider ce fantôme !
Pressé, à la recherche de son smartphone

qu'il a posé quelque part, il l'écarte gentiment.

— C'est très généreux de ta part mais tu n'as pas la moindre idée des dangers que tu devrais affronter. Laisse-nous faire ! Les Fasoré de la Tour de l'Horloge, on est là pour ça !

Le joli visage constellé de taches de rousseur de sa cousine s'empourpre.

— Moi aussi je suis une Fasoré et j'ai peur de rien ! T'as qu'à décider maintenant que je fais partie de l'équipe.

Hugo hausse les épaules.

— A ton âge, tu n'as pas notre expérience et notre entraînement et puis on n'a jamais eu de fille avec nous.

— Eh ben je serai la première ! Allez ! Confie-moi cette mission, insiste Eglantine.

J'ai peut-être que douze ans mais je fais du judo, je m'entraîne pour être pompier plus tard et je t'ai dit, j'ai peur de rien. Ce weekend, je sauverai un fantôme. Tu verras, tu seras pas déçu ! Allez ! Donne-moi ma chance ! Le supplie-t-elle, les mains jointes.

Alice, assise au bord du lit, gênée par l'insistance de sa copine, détourne la tête. Mais Hugo n'a rien vu, trop occupé à inspecter les étagères de la bibliothèque.

— Il n'y a rien à faire ! Quelle tête de mule! Se borne-t-il à grommeler.

Ah ! Enfin ! Son téléphone ! Là, sur le bureau au milieu d'un fouillis de classeurs ouverts et de papiers de bonbons.

Soulagé, il le fourre dans sa poche avant d'adopter un ton plus aimable vis-à-vis de sa cousine qui l'observe, l'air boudeur.

— Allez ! Sois raisonnable, Eglantine !

— Qu'est-ce que tu crois ! J'ai déjà réalisé un sauvetage, le défie-t-elle en balayant de son front une mèche rebelle échappée d'une de ses couettes rousses.

— Ah bon !

—Oui Monsieur ! J'ai grimpé dans l'érable de Mamie avec sa grande échelle pour aller récupérer son chat. J'ai pas hésité une seconde.

Un petit sourire narquois se dessine sur les

lèvres du jeune homme.

— Ah oui ! ? Mamie m'a raconté. Quand tu as voulu l'attraper, Rouminou a sauté d'un bond sur le muret. Toi, t'as perdu l'équilibre et on t'a récupérée par terre avec plein d'égratignures et une cheville foulée.

Eglantine se mord les lèvres.

— Bon ! Ok ! J'ai pas bien assuré sur ce coup-là.

Hugo hausse de nouveau les épaules.

— De toute façon, on ne se lance jamais dans nos missions sans coéquipier !

En silence, désespérée, elle le regarde récupérer ses bottes à l'entrée de la chambre.

— Si Alice elle vient avec moi, lance-t-elle tout à coup, le problème est résolu !

Tu sais, Alice, poursuit-elle avec conviction, elle ose pas te le dire mais elle meurt d'envie de faire partie des Fasoré de la Tour de l'Horloge. Elle en a marre de rester chez elle tous les samedis à tourner en rond.

Alice ! Il l'avait complètement oubliée, cette gamine timide, restée silencieuse dans son coin !

Hugo toujours en chaussettes, lève un sourcil étonné.

— Alors comme ça, toi aussi tu rêves d'aller porter secours à un fantôme ! ?

Elle le regarde, interloquée. Il jette un regard taquin à sa cousine avant de s'adresser de nouveau à la jeune fille.

— Je suppose que comme Eglantine tu as déjà sauvé. Euh…Je ne sais pas, moi… Un chat pris de vertige, qui miaulait de terreur sur le rebord de la fenêtre d'un rez-de-chaussée ? Une mouche peut-être dépressive… qui voulait se noyer dans un verre d'eau ?

Eglantine est furieuse.

Alice assise avec raideur au bord du lit, lui répond en rougissant.

— J'ai encore jamais sauvé d'animaux mais j'espère bien en sauver plein quand je serai vétérinaire.

Hugo croise les bras et prend le temps de considérer la silhouette fluette et enfantine d'Alice.

— Tu as quel âge, toi ? 9 ans ? 10 ans ? En CM1... CM2 ?

— J'ai presque douze ans dans un an et...

— Et elle est en 5ème dans la même classe que moi, l'interrompt triomphalement Eglantine.

Et même qu'elle est très bonne élève et que Madame Dubois, notre prof principale elle a dit qu'elle est très mûre pour son âge.

— Eh bien ! Bravo ! Vous êtes bien mignonnes toutes les deux mais désolé, notre association n'a pas vocation d'être un centre de loisirs pour occuper des gamines pendant le weekend, explique calmement Hugo.

Vous avez besoin de grandir encore un peu avant de pouvoir entrer chez les Fasoré de la T.H et répondre au S.O.S. d'un fantôme. Désolé ! Vraiment désolé, les filles !

— Désolé ! Désolé ! S'écrie Eglantine, en se renfrognant. Tu sais dire que ça. Tu peux même pas prendre une décision importante tout seul en cas d'urgence !

Hugo fronce les sourcils. Il commence à perdre patience. Et son portable qui sonne ! C'est sa chérie !

Il bouscule sa cousine et se penche à la fenêtre.

— Je ne vais plus tarder, Bébé ! crie-t-il à la fille en bas.

Pendant qu'il se dépêche d'enfiler une botte, Eglantine le toise, méprisante.

— Bof ! T'es qu'un macho, lâche, borné, prétentieux, suffisant. Nul de chez nul comme chef des Fasoré de la Tour de l'Horloge ! ... En plus t'es qu'un sale dragueur !

— Et toi, explose Hugo rouge de colère, tu n'es qu'une sale gamine butée, inconsciente, inconséquente, immature qui me fait perdre mon temps. En plus une vraie commère qui se mêle de ce qui ne la regarde pas !

— Oooh ! Ça suffit !

Johnnie Walk vient de rappeler sa présence d'une voix puissante et caverneuse. Il s'extirpe complètement du mur en costume écossais traditionnel.

De très mauvaise humeur, à moitié chaussé, Hugo s'approche de lui en boitant.

— Qu'est-ce qui t'arrive, Jojo !

— Vous me saoulez ! J'ai mal au crâne !

Le jeune homme recule aussitôt

— Aah ! Ce que tu pues l'alcool, Jojo !

— Arrête de m'appeler Jojo !

Le fantôme bombe le torse et lisse ses longues bacchantes.

— N'oublie jamais à qui tu parles, jeune homme ! Je suis Sir Johnnie Walk, dont les exploits guerriers contre les anglais pendant la guerre de cent ans sont relatés dans tous les livres d'histoire des écoliers britanniques.

— Très bien ! Avec tout le respect que je te dois, Sir Johnnie Walk, on te casse peut-être la tête mais c'est toi qui nous as branchés sur une intervention urgente à faire au musée de la tapisserie. Non !?...

Et d'ailleurs, plus j'y pense, plus elle me paraît invraisemblable ton info !

— A fake new ! Tu oses mettre en doute la parole d'un lord écossais ! Je tiens ce précieux renseignement de Naphtaline elle-même ! Tu mettrais aussi en doute la parole du fantôme qui hante ta propre maison !

Il vacille en se mettant debout.

— Je veux rendre service et voilà comment on me remercie, par le mépris !... D'une main tremblante il débouche la flasque de whisky qui pend à la ceinture de son kilt et en boit une bonne rasade.

— A fake new ! A fake new ! Répète-t-il avec des sanglots dans la voix.

Il réajuste avec dignité son béret à pompon sur la tête.

— Je me retire. Alice, tu sais où me trouver !

Peuff ! Il s'évapore.

De puissants effluves d'alcool continuent de flotter dans la pièce. Eglantine s'empresse d'entrouvrir la fenêtre pour les dissiper.

Elle en profite pour jeter un coup d'œil dans la rue.

La chérie d'Hugo toujours sur le scooter, s'est absorbée dans un jeu sur son téléphone portable pour supporter une attente qui s'éternise.

— Tu l'as vexé grave ! Commente-t-elle en revenant vers son cousin.

Alice soupire, pleine de compassion.

— Le pauvre ! Il est rejeté par tout le monde. Il a plus que moi comme amie.

Proche de l'exaspération sous le regard désapprobateur des deux filles, Hugo s'efforce de rester zen en enfilant sa deuxième botte.

— Comment voulez-vous que je fasse confiance à la parole d'un ivrogne ! Naphtaline, elle vit en permanence dans ma chambre. Elle squatte ma penderie. Quand j'écoute de la musique, allongé sur le lit, elle passe une main ou un pied à travers la porte de mon armoire pour battre la mesure.

Mais c'est tout. Je n'ai jamais réussi à la convaincre de sortir de sa planque. Comment elle aurait pu être au courant et en parler à Jojo ?

Allez ! On laisse tomber. Cette fois j'y vais ! Pour de bon !

Il récupère son casque de moto et décroche son blouson de cuir du porte-manteau.

— Et s'il disait vrai, Johnnie ?

Prêt à quitter la pièce, il se retourne, surpris par la petite voix cristalline qui l'interpelle.

Alice le dévisage d'un air sévère.

— Une info ça se vérifie toujours à cause que les conséquences elles peuvent être très graves.

— Bien parlé, Alice !

Encouragée par Eglantine, elle poursuit.

— Sir Johnnie Walk, il s'est battu en super héros contre les anglais. Mais quand ils ont réussi à le faire prisonnier, les écossais ils ont versé une rançon à leurs ennemis pour qu'ils le gardent. Depuis, Johnnie, il arrive pas à s'en remettre.

Si toi maintenant tu le fais passer pour un menteur, c'est fini ! Plus jamais il aura une raison de s'arrêter de boire depuis sa guerre de cent ans.

— Et puis si Jojo, il dit la vérité et que personne se bouge, c'est une non-assistance à fantôme en détresse ! Insiste Eglantine.

Hugo se met à jouer avec l'attache de son casque. Il réfléchit.

— Bon ! Ok ! Je vais vous confier une mission, se décide-t-il.

— Yes ! On fait partie de l'équipe ! Exulte Eglantine.

— Oh ! Oh ! Ne t'emballe pas si vite ! Ce n'est qu'une mission de repérage. Mais elle vous ouvrira les portes de nos réunions secrètes. Vous apprendrez à vous familiariser avec nos stratégies d'intervention avant d'être admises plus tard chez nous, quand vous aurez un peu grandi.

La petite moue déçue d'Eglantine

n'échappe pas à son cousin.

— Tu n'es plus partante ?

— Si ! Si ! Se reprend-t-elle.

— Alors écoutez-moi bien ! Imaginons qu'un fantôme réclame réellement de l'aide, vous le localisez le plus discrètement possible dans le musée, vous sortez tout de suite après et vous me prévenez par texto.

Surtout ne prenez aucune initiative pour résoudre son problème.

Alice acquiesce d'un signe de tête mais Eglantine ne cache pas sa nouvelle déception.

— Quoi ! C'est tout ?

— Même les missions qui paraissent les plus faciles cachent toujours des pièges.

Hugo soudain à voix basse.

— Les Kourox, ça vous dit quelque chose?

Les filles se regardent et font signe que non.

— On avait jadis accepté des fantômes inconnus au sein des Fasoré de la Tour de l'Horloge, malgré la réticence de nos propres fantômes qui leur trouvaient mauvais esprit !

En fait, ils se sont révélés particulièrement fourbes et odieux et on a fini par les virer.

— Pourquoi vous les avez pas virés tout de suite ? Critique Eglantine.

— C'était leur voix ! Elle nous a quasi ensorcelés ! Une voix particulièrement douce, chaleureuse et persuasive pour distiller tout leur fiel, une fois dans la place, lui révèle Hugo un peu honteux de s'être fait avoir.

Et depuis qu'on les a exclus, ils nous en veulent à mort !

— Même pas peur ! S'écrie Eglantine avec bravade.

— Tu as tort de les sous-estimer ! Leur arme secrète, c'est l'hypnose. On a failli perdre un de nos meilleurs sauveteurs, au cours d'une de nos missions. Les Kourox l'avaient convaincu de s'envoler. Nos renforts sont arrivés juste à temps pour l'empêcher de sauter dans le vide. Depuis ce jour on ne se laisse plus piéger.

— C'était quoi sa mission, l'interrompt

Eglantine, les yeux brillants.

— Peu importe !

— Moi je me serais jamais laissé endormir!

— Tu te crois plus maligne que tout le monde !

Ceux qui prétendent pouvoir résister à l'hypnose sont généralement les premiers à plonger. Nous, les Fasoré parce qu'on est somnambules, nous sommes particulièrement vulnérables.

— Comment on va faire, nous ? S'angoisse Alice.

— Des visiteurs ! Vous devez passer pour de simples visiteurs de la Cité Internationale de la Tapisserie, martèle Hugo.

Puis dans un murmure.

— Les Kourox ne doivent pas vous soupçonner d'être impliquées dans un sauvetage. Laissez vos smartphones allumés quand vous serez dans le musée. Les ondes qu'ils émettent leur brouilleront votre connexion au monde invisible.

Si jamais ils vous démasquent, laissez tout tomber et fuyez avant qu'ils ne murmurent à votre oreille.

— Ils ressemblent à quoi ? Demande Alice d'une voix étranglée.

— Imagine un corps quasi squelettique, des membres d'une longueur incroyable et une tête énorme.

De près, leur visage est blafard, accidenté comme la surface de la lune avec un nez inexistant.

— Brrr ! S'exclame Alice impressionnée.

— Et quand leur bouche s'anime pour te parler, tu ne vois plus que deux lèvres dégoulinantes de bave, épaisses et violacées.

— On les reconnaîtra tout de suite. Je les chasserai. On se laissera pas avoir comme ça ! Fanfaronne Eglantine.

— Ils sont terriblement sournois et malins. Vous ne les verrez pas se glisser en douce jusqu'à vous, réplique vivement son cousin.

— Oui mais nous on sera averties de cette façon ! Rétorque Eglantine en plissant son nez pour humer l'air autour d'elle.

— Détrompe-toi ! Soupire Hugo. Les

Kourox n'ont malheureusement aucune odeur pour les somnambules.

Par contre, les fantômes de la T.H se sont toujours débrouillés pour rester à bonne distance d'eux au cours de nos réunions tellement leur puanteur leur était insupportable.

— Ils sentent quoi ? Interroge Alice, la voix serrée.

— Ils sentent le pipi de chat, il paraît !

Hugo dévisage tour à tour Eglantine et Alice qui grimacent.

— Alors respectez bien mes consignes, d'accord ?

Les deux filles hochent la tête en silence.

— Ne relâchez jamais votre vigilance ! Recommande-t-il encore. Les Kourox sont des esprits malfaisants particulièrement vicieux.

Brusquement des pas s'arrêtent devant la porte. Alice sursaute.

Eglantine hausse les épaules.

— Quelle trouillarde tu fais ! Entrez ! Claironne-t-elle.

Brigitte Paraud, la mère d'Eglantine, pénètre dans la chambre.

Un sourire bienveillant illumine son charmant visage.

— Désolée d'interrompre votre discussion, les enfants !

Mon grand, dit-elle en s'adressant à Hugo, je suis bien ennuyée pour toi. J'ai proposé à ta copine... Laura d'entrer dans la maison pour ne pas rester à se geler dehors.

Elle a refusé. Elle est furieuse. Elle me charge de te dire qu'elle en a marre de poireauter. Elle s'en va.

— Oh ! Non !

— Allez ! File ! Tu peux encore la rattraper.. . Avec ses hauts talons...

— Merci ma tante ! Lui crie Hugo en dévalant les escaliers quatre à quatre.

— Bonne chance ! Lui lance Brigitte, par-dessus la rampe.

— Les enfants, on passe à table dans cinq minutes ! Prévient-elle en refermant discrètement la porte de la chambre de sa fille.

Aussitôt Eglantine bondit jusqu'à la fenêtre.

— Ça y est ! Il l'a rattrapée au bout de la rue. Aïe ! Aïe ! Aïe ! Ça chauffe grave !... Elle le repousse... Il lui fait ses yeux de merlan frit ... Qu'est-ce qu'il peut bien lui raconter... Elle l'écoute... Oh ! Elle l'embrasse, ils s'embrassent...

L'engin à deux roues s'éloigne maintenant en pétaradant avec les deux tourtereaux réconciliés.

Eglantine se retourne, rigolarde.

— Yes ! C'est plié ! Il va pas changer de copine tout de suite !

Alice, morose, assise en travers de la selle de Tornado, lui tend l'écharpe d'Hugo.

— Tiens ! Il l'a oubliée !

Eglantine balance l'écharpe sur son bureau encombré.

Elle vient s'asseoir à côté d'Alice et passe un bras amical autour de ses épaules.

— Tu te fais du mal pour rien, Alice ! T'as aucune chance avec lui. Hugo, il aime que les vieilles. Laura, elle a au moins dix-sept ans. Pense plutôt à notre victoire !

On a décroché notre première mission pour les Fasoré de la Tour de l'Horloge !

Elle ouvre la porte de sa chambre et respire une délicieuse odeur qui lui parvient de la cuisine.

— Elle nous a fait un gâteau au chocolat, Mam'. Ça sent trop bon ! Allez ! Viens ! On a besoin de prendre des forces pour cet après-midi.

Toute joyeuse, les yeux pétillant de gourmandise, Eglantine attrape Alice par la main et l'oblige à dévaler les escaliers encore plus vite qu'Hugo.

Une solution béton

C'est la fin du repas.

Petit Léo, quatre ans, ne quitte plus des yeux les cinq effrayants tentacules d'un monstre qui progresse sournoisement vers lui, sur la nappe, entre les couverts.

Le monstre vient de contourner son gobelet et l'avertit de ses sombres desseins en empruntant la grosse voix d'Eglantine.

— Elle arrive, la bête ! Elle va te manger ton gâteau au chocolat ! Ah ! Ah ! Ah !

— Attention ! S'écrie Alice quittant sa réserve habituelle pour entrer dans le jeu. Petit Léo, avec ses grands yeux noirs vifs et malicieux, s'empresse de fourrer dans sa bouche le dernier morceau qui traîne dans son assiette.

"La bête "se retire, dépitée.

Il éclate de rire.

— Elle a raté ! Elle a raté ! Triomphe-t-il. Alice plaque un petit bisou sur sa joue toute collante. Il le lui rend au centuple.

— Il est craquant ! J'aimerais bien avoir un petit frère ou une petite sœur comme lui, avoue-t-elle.

Brigitte amusée, regarde son fils avec un brin de fierté maternelle.

— Léo est un grand séducteur. N'est-ce pas, Eglantine ?

— Quelle petite peste, celui-là ! Râle-t-elle tout en caressant sa joue enfantine.

L'air soudain grave et concentré, elle repousse sa chaise pour se lever, suivie par Alice.

— Bon ! Mam' ! On va y aller, nous !

Brigitte la retient par la manche.

— Oh ! Eglantine ! Ton papa rentre tard ce soir. Moi, j'ai des courses à faire tout à l'heure. Tu ne garderais pas ton petit frère ?

— C'est qu'on a prévu avec Alice d'aller au musée cet après-midi...

Notre prof elle nous a demandé de chercher un exposé à faire dans le domaine de la tapisserie, justifie-t-elle, non sans un certain malaise.

— Je comptais sur toi ! Eh bien ! Tant pis! Le travail avant tout !

Les filles s'apprêtent à quitter la salle à manger.

— Moi aussi, Maman, je veux aller avec Alice et avec Tine dans le musée ! S'écrie Léo.

— Tu es trop petit, mon chéri ! Tu t'ennuierais vite. Elles ne pourront absolument pas s'occuper de toi.

— Mais je serai très, très, très sage ! Insiste Léo.

Brigitte maintient son refus d'une voix

douce mais ferme.

— Tu ne serais vraiment pas content de ton après-midi et les filles non plus !

Eglantine jette un regard compatissant sur son petit frère qui renifle tristement.

— Alice elle dort à la maison ce weekend. Si tu veux Maman, on s'occupera de lui toutes les deux ce soir.

Alice confirme d'un hochement de tête. Elle adresse un petit clin d'œil complice à Petit Léo.

— Ça marche comme ça ! Accepte Madame Paraud.

Eglantine revient sur ses pas pour se pencher sur le gamin.

— Ecoute, je te prête Tornado pour…Un, deux, trois, quatre, cinq dodos ! Compte-t-elle en dépliant un à un chaque doigt de sa main potelée.

Il renifle encore un peu, à moitié consolé.

— On construira une grande tour avec tes lego quand on rentrera des courses, promet Brigitte en lui essuyant sa bouche toute barbouillée de chocolat.

De retour dans la chambre, Alice observe en silence Eglantine rassembler ses affaires.

A quatre pattes elle vient d'extirper de sous son lit un sac à dos. Elle en retire une petite bouteille de soda vide, un livre scolaire, des feuilles volantes froissées et un paquet de fraises tagada écrasées.

Elle en propose à Alice qui décline l'offre et fronce les sourcils.

— J'aime pas qu'on lui dise des craques à ta mère !

Eglantine soupire en mâchouillant une poignée de ses bonbons préférés.

— Moi non plus ! Mais elle est pas Fasoré.

— Et ton père ?

— Il est pas somnambule.

— Dommage ! Il aurait fait un Fasoré super sympa ! Et Petit Léo ?

— Lui, quand il se lève en pleine nuit c'est juste qu'il a cauchemardé. Il fonce alors direct dans ma chambre avec son doudou.

— C'est trop mignon !

— Tu parles ! La galère pour le recoucher! Il m'oblige à vérifier qu'il n'y a plus d'ogre caché derrière ses rideaux, sous son lit ou dans son coffre à jouets. Et avant de quitter sa chambre, je dois lui assurer que le gentil fantôme de la maison monte maintenant la garde auprès de lui.

— Et Il te croit sans être Fasoré ! ?

— Bien sûr ! Et il se rendort.

— Eh ben, t'es super forte !

Eglantine se récrie, un peu piquée au vif.

— Je lui mens pas ! Ghosty, il suffit que je l'appelle et il rapplique tout de suite.

— T'as raison ! Ça marche ! S'esclaffe Alice en levant la tête.

Surgi de nulle part, un jeune chien-fantôme, un cavalier King Charles, les oreilles à l'horizontal, s'amuse à faire des loopings et autres figures acrobatiques dans les airs.

Et Zoup ! Zoup !

— Arrête de zouper, Ghosty ! Lui ordonne Eglantine.

Ravi d'avoir attiré l'attention des deux filles, il cesse de jouer à l'avion et instantanément Eglantine le retrouve couché à ses pieds.

Ses yeux noirs ronds comme des billes débordant de tendresse, il l'observe à présent en train balancer un porte-monnaie, quelques mouchoirs en papier et les clefs de la maison dans son sac à dos.

— Oh ! Ghosty ! Désolée si t'as cru que je t'appelais. Je parlais seulement de toi avec Alice. Tu sais, on est pressées. On part en mission ! On n'a pas le temps de s'amuser !

Le chien-fantôme émet un jappement plaintif et caverneux.

— Le pauvre ! S'apitoie Alice. Il doit s'embêter à mourir !

Elle effleure son pelage d'une main compatissante qui ne rencontre que le vide.

— C'est bizarre qu'il sente le chien mouillé alors qu'il est tout sec, remarque-t-elle.

— J'ai une idée ! S'exclame brusquement Eglantine en laissant tomber par terre son sac à dos.

Immédiatement, pour adopter une

attitude conforme au regard plein de gravité qu'elle pose sur lui, Ghosty s'assoit dignement sur son arrière-train.

— Y a des méchants esprits qui nous guetteront dans le musée pour nous empêcher de réussir notre mission, lui confie-t-elle.

Mais Alice et moi on est incapables de deviner leur présence. Contrairement aux autres fantômes, on détecte pas leur odeur. Toi, tu pourrais sans problème avec ton flair. Il suffirait que tu aboies pour nous prévenir.

Il se met à remuer la queue avec enthousiasme.

— Ok ! On t'emmène avec nous au musée à condition que tu sois invisible !

Le chien-fantôme se gratte la tête, perplexe.

Eglantine s'empresse de préciser.

— Je sais ! T'es un fantôme mais les Kourox pourraient te voir et avec Alice et moi, ils vont tout de suite capter qu'on est des Fasoré en contact avec le monde invisible. Il faut que tu te caches. Tu seras

notre défense secrète contre eux. Allez !
Entre là-dedans !

Elle ouvre grand son sac à dos.

A la vue de la photo d'un gros matou imprimée sur le revers de la poche à rabat, le cavalier King Charles recule, retrousse son petit nez et montre les dents.

— Tu sais ! Les Kourox ils sentent le pipi de chat !

Immédiatement, avec un grognement haineux, il disparaît au fond du sac à dos qu'Eglantine referme avec un sourire de satisfaction.

— Je l'adore Ghosty mais c'est un jeune chien un peu foufou ! Je suis pas sûre qu'il va être obéissant à cent pour cent, soupire Alice.

— Moi je suis sûre que c'est une bonne idée de l'emmener au musée avec nous.

— Comme tu voudras ! Soupire de nouveau Alice.

Elle vérifie aussitôt le chargement de son téléphone portable.

— Pour moi, c'est bon !

Eglantine sort le sien de sa poche.

— Crotte de bique ! J'ai plus de jus ! J'ai oublié de le mettre en charge.

Alice pâlit.

— Les Faces de Lune vont nous repérer tout de suite !

— On a le tien, lui réplique tranquillement Eglantine.

De toute façon dans le musée, on se quittera pas. Et puis Ghosty c'est notre solution béton contre ceux que t'appelles les Faces de Lune, ajoute-t-elle sans réussir à décrisper le front soucieux de sa coéquipière.

Peut-on faire confiance aux fantômes ?

En cet après-midi hivernal, un vent violent souffle par rafales sur la vaste esplanade qui donne accès à l'entrée de la Cité Internationale de la Tapisserie à Aubusson.

Frigorifiée, Alice relève le col de son manteau et glisse ses mains engourdies dans les poches. Immobile, les sourcils froncés, elle observe Eglantine.

Elle semble courir après un papillon

invisible, son sac à dos ouvert en guise de filet.

— Ghosty ! Arrête de zouper ! Rentre là-dedans tout de suite ! S'égosille-t-elle.

Ses couettes d'un roux flamboyant voltigent à chacune de ses foulées autour de son joli minois constellé de taches de rousseur, rosi par le froid et l'effort.

Les gens qui se hâtent frileusement vers le musée, se retournent sur cette étrange jeune fille qui se donne en spectacle. Alice terriblement gênée croise leurs regards amusés ou intrigués.

Eglantine revient enfin vers elle, toute essoufflée, son sac à dos de nouveau arrimé sur les épaules.

— J'ai réussi à le récupérer. Il nous fera plus son cirque. Il a compris. Allez ! Viens!

— Comment tu peux en être si sûre ? Soupire Alice en se mettant en route.

Elle ne peut s'empêcher de jeter un coup d'œil fébrile à la Tour de l'Horloge qui domine la ville d'Aubusson.

— T'as vu l'heure !

_ Arrête de stresser ! Elle est tellement fastoche notre mission qu'on sera de retour à la maison pour le goûter.

Sans accorder la moindre attention à la façade bariolée du bâtiment dont les bandes multicolores rappellent l'art du tissage, Eglantine se dirige d'un pas décidé vers le vigile posté à l'entrée.
L'homme inspecte soigneusement l'intérieur de son sac à dos.
— Bien ! Passez ! Se contente-t-il de dire.

Eglantine adresse un petit sourire de connivence à Alice et pénètre en conquérante dans l'immense hall du musée.
Elle déchante un peu à la vue de la longue file d'attente devant le guichet qui délivre les billets d'accès au musée.
Bon gré, mal gré, en compagnie d'Alice, elle rejoint le rang des futurs visiteurs.

Pour tromper son impatience, elle essaye de se repérer déjà dans ce vaste espace qu'elle découvre pour la première fois.

À sa gauche, la boutique du musée, en face d'elle, tout au fond du hall, de grandes portes vitrées donnant sur un jardin paysagé serpentant en paliers le long d'un mur d'enceinte. Sur sa droite, au pied d'un large escalier, un panneau indiquant le sens de la visite.

Pendant ce temps, dans la file qui ne cesse de s'allonger, Alice jette des regards furtifs aux gens qui côtoient de trop près le sac à dos d'Eglantine.

— Ils se doutent de rien ! Heureusement qu'on est les seules Fasoré ! Ghosty il sent pas la rose ! Lui murmure-t-elle, inquiète.

— T'occupe ! Essaye plutôt d'entendre…

Eglantine n'a pas le temps de chuchoter le reste de sa phrase à l'oreille d'Alice.

Avec un large sourire, l'hôtesse d'accueil leur tend un billet d'entrée.

— Tenez ! Il est gratuit pour les moins de

16 ans. Je vous conseille les tapisseries de Tolkien. Elles sont exposées à l'étage.

Il y a déjà là-haut un groupe d'enfants accompagnés d'un guide. Ils sont plus jeunes que vous mais si vous voulez profiter avec eux des commentaires, dépêchez-vous de monter !

Eglantine prend un air supérieur.

— Merci, Madame ! Mais nous, on est pas venues pour ça. On nous a chargées d'une mission secrète de la plus haute importance.

— Ah bon ? S'écrie l'hôtesse, parfaitement incrédule.

Alice, affolée, écrase vivement le pied d'Eglantine qui esquisse à peine une grimace.

— Oui ! On nous a demandé d'agir au plus vite. Quelque part dans ce musée, un fantôme est désespéré. Il a besoin d'une aide urgente. Alice et moi, on est là pour le retrouver et lancer les secours ! Dévoile-t-elle d'une seule traite.

Mais cette révélation extraordinaire ne

semble pas avoir convaincu l'hôtesse. Elle réajuste ses lunettes sur le nez en tâchant de garder son sérieux.

— Vous faites fausse route, mesdemoiselles ! Vous ne trouverez pas votre fantôme dans nos murs.

La Cité de la Tapisserie n'a rien d'un château hanté. Elle a été bâtie sur l'ancienne école des Arts Décoratifs.

De toute façon, les fantômes, on ne peut les voir que la nuit !

— Pour la majorité des gens, oui, mais pas pour nous, les Fasoré ! Lui rétorque Eglantine.

— Les quoi ? Demande l'hôtesse réjouie.

— Oh rien ! Intervient Alice. Ma copine, elle lit trop de romans fantastiques. Ça finit par lui monter à la tête. Au revoir, Madame !

Elle tire Eglantine par la manche et l'entraîne d'autorité dans un coin reculé du grand hall.

— T'es devenue folle ? Qu'est-ce qui t'a pris de tout lui raconter ?

— Elle m'a énervée, cette femme. Elle croit qu'on participe à un jeu de piste organisé pour des mioches d'un centre de loisirs !

— De simples visiteurs qu'il nous avait bien dit Hugo. T'as pensé aux …faces de lune ?

— Oh là là ! Quelle froussarde ! On a ton smartphone qui fait écran contre eux et tu l'as pas entendu aboyer Ghosty ! Alors cool !

Eglantine réajuste son sac à dos sur les épaules.

— Allez ! On y va !

Mais Alice ne bouge pas, la main crispée sur son téléphone.

— Qu'est-ce qui t'arrive encore !

— Regarde, j'ai pas de bâtons. Ça passe pas ici.

Eglantine a du mal à réprimer son impatience.

— Oh ! Ton phone il marche sûrement ailleurs. Et puis le plus important c'est Ghosty !

— Ça sent plus le chien mouillé ! Dit

froidement Alice.

Eglantine contrariée, bascule le sac à dos à ses pieds, l'ouvre.
Elle pâlit aussitôt.
— Oh ! Non ! On peut pas lui faire confiance ! Il est passé où encore ?
Elle met déjà les mains en porte-voix.
— Et pourquoi pas une annonce-micro pendant que tu y es ! La rabroue Alice. Des fois, j'ai l'impression que t'as le même âge que Petit Léo !
— Bon ! On commence par le chercher au rez-de-chaussée, propose-t-elle.
Il perd rien pour attendre, marmonne-t-elle entre ses dents, furieuse.

Les filles traversent le vaste hall à grandes enjambées en direction d'une salle fléchée à l'autre bout.
L'hôtesse les suit des yeux avec curiosité.
— Les Tolkien, c'est au premier, si vous changez d'avis ! Leur rappelle-t-elle malicieusement au passage.

Eglantine et Alice ont très bien entendu. Sans se retourner, sans ralentir le pas, elles franchissent l'entrée de "la Nef des Tentures".

Alice tombe immédiatement sous le charme de la mise en scène théâtrale qui les accueille. En même temps elle entrevoit la superficie des espaces à explorer et l'angoisse l'étreint.

— Oh ! Mais c'est immense !

Déconcertée, elle cherche vainement des yeux le fugueur.

— On n'est même pas sûres de le trouver. Il a peut-être quitté le musée sur un coup de tête !

Eglantine ne répond rien.

Concentrée, elle se met à renifler bruyamment partout autour d'elle, telle un chien de chasse, dans l'espoir d'identifier l'odeur si caractéristique de Ghosty.

D'un seul coup elle broie le bras d'Alice qui

pousse un "Aïe !" Tonitruant.

— Il est dans le coin ! Lui affirme-t-elle, exaltée.

Et voilà maintenant les deux filles fortes de cette assurance qui se précipitent dans les allées, indifférentes aux chefs-d'œuvre exposés, les yeux mi-clos, exclusivement guidées par leur odorat.

Intrigué par leur comportement étrange depuis leur entrée dans la "Nef des Tentures", un gardien s'est mis à les filer discrètement.

Soudain Eglantine s'arrête, ouvre grands les yeux, le doigt tendu en direction du sol.

— Yes ! Il est là !

Son cri victorieux lui vaut immédiatement le coup d'œil désapprobateur de quelques visiteurs silencieux en arrêt devant les chèvres rieuses d'une tapisserie de Dom Robert.

Mais elle ne s'est pas trompée, Eglantine. C'est bien Ghosty, chien-fantôme de la prestigieuse race des Cavaliers King

Charles, qui gît amorphe au pied d'une pièce tissée datant du Moyen-âge.

Elle fonce vers lui, le visage rouge de colère.

— Tu crois qu'on a le temps de jouer à cache-cache ! Tu me déçois grave Ghosty !

— Regarde ! Le château d'Aubusson ! S'exclame Alice en découvrant la tapisserie suspendue au-dessus de l'animal toujours prostré.

Eglantine lève la tête. Surprise, elle en oublie sa contrariété.

— T'as raison ! "Le Chapitre" ! Une ruine aujourd'hui mais au XIIIème siècle il tenait debout. Je le reconnais !

En classe Madame Dubois, elle nous l'a montré sur une gravure. Y a même une maquette et une reconstitution en 3D à l'hôtel de France d'Aubusson.

Alice écarte doucement Eglantine pour se pencher au-dessus de Ghosty étalé par terre comme une carpette.

— T'es triste, hein ?... Cet endroit il te

rappelle des souvenirs, hein ?...

Le chien-fantôme tressaille puis se redresse. Debout à présent sur ses pattes il s'ébroue, le poil étonnement gorgé d'eau.

Les filles se reculent. Trop tard pour éviter de copieuses éclaboussures.

Mais contre toute attente, leurs vêtements restent totalement secs.

— Il a dû essayer d'accéder au château par les douves, suppose Alice. Elles étaient remplies d'eau à l'époque.

Tout à coup interdite, Eglantine se frappe le front.

— Mais bien sûr ! Le château, c'était chez lui ! Normal que Ghosty il hante ma maison ! Elle a été construite avec des pierres de son ancienne demeure.

— Et son maître c'était peut-être le Comte de la Marche, petit-fils de Saint Louis ! Ou son épouse ? Ou ses enfants ? Ou quelqu'un qui vivait dans leur entourage ?

Le chien-fantôme tout frémissant d'attention, ne perd pas un seul mot de l'échange verbal entre les filles.

— On se goure pas, hein Ghosty ! Se réjouit Alice en le voyant remuer la queue. Eglantine hoche la tête, admirative.

— Toi tu sais communiquer avec les animaux. Plus tard, tu seras une super veto !

La mine grave, elle s'agenouille alors auprès du cavalier King Charles.

— On pourra t'aider à retrouver tes maîtres dans l'au-delà quand Alice et moi, on fera partie de l'équipe d'Hugo, lui explique-t-elle d'une voix confidentielle, mais avant il faut qu'on réussisse notre première mission.

Et pour réussir notre mission on a besoin de toi. Y a peut-être des méchants qui rôdent dans les parages ! Alors vas-y ! Cherche-les !

L'ordre à peine lancé, Ghosty fonce, le museau au ras du sol pour une inspection minutieuse des lieux.

Alice, un peu angoissée, en profite pour consulter son smartphone. Elle pince les lèvres, fortement contrariée.

— Il marche toujours pas !

— Alors éteins-le ! Arrête de nous embêter avec ça ! Lui rétorque Eglantine sans quitter des yeux le chien-fantôme.

Au bout de quelques minutes, elle le voit revenir par la voie des airs sans avoir aboyé une seule fois. Il exécute un zoup de contentement pour marquer son sentiment du devoir accompli puis, ombre fugace, il s'éclipse dans le sac à dos silencieusement.

— T'es rassurée, non !

Alice acquiesce sans enthousiasme.

— OK ! Mais il devait rester caché pour nous avertir en cas de danger. Et toi tu lui as fait faire tout ce cinéma au grand jour ! C'est sûr que les Kourox l'ont repéré ! Et nous sans le téléphone connecté, on doit briller comme des sapins de Noël au milieu de la foule. On s'en rend pas compte mais eux, oui !

— T'es pénible à la fin, "Madame je critique tout !".

Alice hausse les épaules.

Elle pose alors machinalement son regard sur Ghosty. Il ne bouge pas une oreille, tranquillement roulé en boule au fond du sac à dos posé par terre. Pourtant un cri de surprise lui échappe.

— Qu'est-ce que je disais ! Bravo ! Il a pataugé dans l'eau boueuse des douves. Regarde le résultat !

Partout où le chien-fantôme a circulé, l'empreinte de ses pattes très sales apparaît de plus en plus nettement sur le sol comme sous l'action magique d'une encre sympathique rendue progressivement visible.

Eglantine écarquille les yeux.

— Oh ! La cata ! Reconnaît-elle.

Instinctivement elle tend la main vers la tapisserie ancienne.

— Il en a peut-être laissé d'autres tout à l'heure !

— Il est formellement interdit de toucher aux œuvres d'art, jeune fille !

Eglantine sursaute à la voix de stentor qui l'interpelle. Elle se retourne.

A quelques mètres de là, le gardien à la stature impressionnante a surgi comme un diable de son poste d'observation derrière un élégant paravent du dix-septième siècle.

Eglantine se mord les lèvres, bien ennuyée. Les pas de Ghosty convergent jusqu'à elle et son sac à dos.

Mais sa crainte laisse vite place au soulagement. En évidence, l'homme ne détecte aucune trace suspecte par terre.

Il s'arrête à la hauteur d'Alice qu'il dévisage avec sévérité.

— On fait rien de mal, Monsieur, réussit-elle à bredouiller péniblement.

Il jette un regard soupçonneux sur le contenu du sac à dos largement ouvert. Rien qu'un trousseau de clefs, un portable, des mouchoirs en papier chiffonnés et un porte-monnaie.

Pour autant, il n'abandonne pas son air revêche.

— Qu'est-ce que vous fabriquez ! Depuis

tout à l'heure je vous surveille !

Vous poussez des cris, vous vous amusez à marcher à tâtons ! Vous vous croyez dans une cour de récréation ! Si vous n'avez pas envie de visiter le musée, vous n'avez rien à faire ici ! Compris ?

Du doigt il leur désigne la sortie.

— Compris ! Lui répond Alice, le rouge aux joues.

Eglantine, impassible, referme son sac et remet son précieux chargement sur le dos. Sans un mot elle passe devant le gardien.

Alice qui la suit, profil bas, s'attarde un instant devant le décor théâtral en trompe-l'œil qui les a accueillies à l'entrée de "la Nef des Tentures".

— On revient à notre case départ. On n'a plus qu'à s'en aller ! S'attriste-t-elle.

— Hors de question ! Éclate Eglantine. Tu veux qu'Hugo il nous prenne pour des minables ! Qu'on lui dise qu'on s'est fait virer avant même de commencer notre enquête ? Qu'on attende d'être vieilles pour que les Fasoré de la T.H ils nous acceptent ?

J'ai donné tout à l'heure un peu d'espoir à Ghosty, il ne l'oubliera pas. Et Jojo, tu penses à lui ? C'est toi qui as insisté pour le défendre. Tu veux renoncer ?

— Ben non ! Lui assure Alice, tout en lançant un regard plein d'appréhension derrière elle.

Juste le temps d'entrevoir le gardien au milieu de la foule compacte des visiteurs qu'il dépasse tous d'une tête.

— Mais comment on va faire maintenant? Il nous lâche plus.

Un groupe de touristes britanniques vient juste d'envahir "La Nef des Tentures".

Il attire l'attention d'Eglantine.

— On va disparaître comme des fantômes! Décide-t-elle.

Elle attrape Alice par la main.

— Suis-moi !

Sans vergogne, elle se met à jouer des coudes en fendant la foule des nouveaux visiteurs tout en baragouinant quelques excuses en anglais pour le dérangement.

Alors que le gardien les cherche encore du regard dans la salle d'exposition du rez-de-chaussée, les filles sont en train de grimper à toute allure le large escalier qui invite à poursuivre la visite au premier.

Mais la trêve est de courte durée.

Sur le palier, Alice penchée au-dessus de la rampe, lance de nouveau l'alerte.

— Oh ! Il revient du hall d'entrée. Il a pas du tout l'air content. Attention ! Je crois qu'il va monter !

Eglantine analyse froidement la situation. A cet étage, impossible de se dissimuler au milieu de ces espaces vitrés, ouverts de toutes parts. Par contre, un ascenseur, là-bas !

Vite ! Les filles s'y engouffrent.

Au troisième étage, il y a bien une salle en vue mais une échelle couchée en travers de la porte.

— Tant pis ! Par ici !

Dans l'urgence, Les filles enjambent l'échelle et se risquent à pousser la porte qui s'ouvre sans problème. Elles la referment en toute hâte derrière elles.

∞

Eglantine s'avance prudemment mais résolument en tête dans la pénombre. Elle descend quelques marches d'un gradin.
— On est dans un amphithéâtre ! Annonce-t-elle en clignant des yeux.
— Chut ! On vient ! S'inquiète Alice.
Instinctivement les filles plongent entre deux rangées de fauteuils.
La porte s'ouvre. La salle s'éclaire partiellement.
Avec un bruit de cliquetis métallique, des pas pesants entreprennent de descendre l'allée centrale de l'amphithéâtre. Ils passent à la hauteur des filles restées dans l'ombre.
Elles retiennent leur souffle, leur cœur bat la chamade mais les pas poursuivent leur descente régulière jusqu'en bas des gradins.
Elles respirent un peu mieux.

— C'est bon ! Je les ai repérées ! Y en a bien deux ! S'exclame brusquement une voix masculine.

Alice paniquée décide de faire l'autruche mais Eglantine l'agrippe avec autorité, déterminée à fuir avec elle pour défendre chèrement leur liberté.

A peine émergent-elles de la rangée de fauteuils qu'elles se ravisent aussitôt.

Sur l'estrade de l'amphithéâtre, un technicien en bleu de travail désigne à son collègue les deux ampoules défectueuses d'un plafonnier.

Tapies de nouveau le plus discrètement possible dans leur abri de fortune, les filles observent à présent l'un des hommes en haut de l'échelle métallique rétablir à nouveau la lumière sous l'œil attentif de l'autre.

Et puis rebelote !

Le bruit des outils qu'on range dans leur boîte, le pas lourd et cadencé des techniciens qui remontent l'allée, les plaisanteries échangées entre eux, le cliquetis de la chaîne de sécurité de l'échelle qu'ils transportent à deux, leur passage à quelques mètres des filles sans soupçonner leur présence, la salle replongée dans une quasi obscurité, la porte qui claque enfin.

— On l'a échappé belle ! Commente Eglantine en étirant ses membres engourdis.

Sans plus tarder, elle libère le chien-fantôme de son sac à dos qu'elle avait enfoui sous un fauteuil.

— T'as été super, Ghosty !

Fier du compliment, il zoupe un court instant dans les airs, bat des oreilles comme un papillon, étire ses pattes avec bonheur puis retouche sagement terre auprès d'Eglantine, dans l'attente de ses consignes.

— On vient d'avoir un petit incident de parcours. Maintenant on reprend l'enquête. Allez ! Retourne dans le sac ! Il faut vite qu'on file d'ici !

Le cavalier King Charles se contente de cette vague explication et sans broncher réintègre son poste de garde improvisé.

Eglantine, pleine d'allant, enfile rapidement le sac à dos.

— On va bien finir par le trouver notre fantôme !

Alice, le visage fermé, croise les bras.

— Et ben moi, j'ai plus envie de continuer à jouer au chat et à la souris et me faire virer du musée avec la honte !

Eglantine grogne, mécontente.

— On est loin d'avoir fini d'explorer le bâtiment. Si tu t'inquiètes pour le gardien, on arrivera toujours à se débarrasser de lui. Allez ! En route !

— Non !

— Qu'est-ce que t'as encore ? C'est l'idée des Kourox qui te tracasse ? Mais t'as rien à craindre ! Tu vois bien ! Ghosty il a pas moufté jusqu'à présent.

— Justement, c'est pas normal. Les faces de lune, elles auraient déjà dû rappliquer et murmurer à notre oreille depuis longtemps avec tout le raffut qu'on arrête pas de faire.

Alice brandit son téléphone sous le nez d'Eglantine.

— Et lui il est toujours out !

Eglantine balaye ces arguments d'un haussement d'épaules.

— Ils sont occupés ailleurs !

— Non ! Soutient fermement Alice. Je suis sûre qu'ils ont déboulé au musée. Ils nous ont déjà détectées depuis longtemps mais ils bougeront pas parce qu'ils n'ont aucune raison de bouger.

Il N'Y A PAS DE FANTÔME. IL N'Y A JAMAIS EU DE FANTÔME à sauver à la Cité de la Tapisserie.

— Et pourquoi ça ? Demande Eglantine avec une petite moue dubitative.

— Je pense que Naphtaline elle a fait gober à mon Johnnie une fausse info pour que je t'en parle et que tu préviennes Hugo.

Je suis sûre qu'elle a flashé grave sur lui.

Elle est prête à dire et à faire n'importe

quoi pour que ton cousin il s'intéresse à elle. Et si on l'accuse d'avoir menti, elle pourra toujours prétendre que c'est Johnnie toujours bourré qui a tout inventé.

— Ma parole ! T'es jalouse !

—Pas du tout ! S'enflamme Alice. Naphtaline, elle squatte non-stop jour et nuit la chambre d'Hugo.

Pourquoi elle aurait eu envie d'aller s'aérer au musée ? Et ce serait qui, le soi-disant fantôme qu'elle a découvert en train d'appeler au secours, hein ? Mystère !

— Ben ! Elle a pas réussi à le voir en vrai. Il est peut-être coincé entre deux murs !

— Bon ! Admettons ! Mais son problème elle devrait au moins le connaître. Pourquoi elle nous en a pas parlé. Silence radio.

Tu trouves pas ça étrange ?

Embarrassée, Eglantine se met à tirebouchonner une mèche de ses cheveux. Alice reprend de plus belle.

— Nous on a insisté auprès d'Hugo pour

foncer à la Cité de la Tapisserie sans rien savoir. On s'est emballées trop vite ! Naphtaline, on aurait dû l'interroger sérieusement avant.

Eglantine ne réplique rien.
Déstabilisée, elle se laisse tomber dans un fauteuil au milieu de la rangée, les coudes sur les genoux, la tête appuyée entre ses mains. Alice va s'asseoir sur le dernier siège au bord de l'allée.
— J'y crois plus du tout au fantôme ! Soupire-t-elle. Le plus triste c'est pour mon Johnnie.
Ça va pas l'aider cette affaire. Il va se mettre à boire encore plus de whisky !
Le mieux c'est de sortir du musée. On enverra un SMS à Hugo.
Désolée, Alice se lève en rabattant son fauteuil.

Eglantine se redresse soudain, l'oreille aux aguets.
— Ecoute ! Des gémissements !
— Mais non ! C'est moi avec mon fauteuil!

Il a grincé !

— Tais-toi ! Ecoute !

Alice, en rechignant un peu, tend l'oreille à son tour.

Pour l'instant rien d'autre que la respiration un peu haletante d'Eglantine dans le silence indifférent de l'amphithéâtre vide.

Et puis soudain quelques plaintes à peine audibles entrecoupées de pleurs qui peu à peu s'amplifient jusqu'à exprimer la douleur insoutenable d'une voix d'outre-tombe.

— T'as tout faux ! S'exclame Eglantine en bondissant de son siège.

Une vie qui ne tient plus qu'à un fil

Malgré le brouhaha d'une foule qui s'est considérablement densifiée deux étages plus bas, les filles tracent leur route sans hésiter, guidées par la voix désespérée qu'elles seules perçoivent. Alice presse même le pas. Elle n'éprouve plus d'appréhension, gagnée par l'excitation d'Eglantine.

Enfin ! Elles vont toucher au but !

— Oh non ! S'écrie-t-elle soudain. Crotte de bique ! Encore lui ! Regarde ! Le gardien, juste devant !

— Il prend la même direction que nous ! Lui fait remarquer Eglantine contrariée.

Attentif à manœuvrer avec mille précautions un lourd diable aux roues grinçantes, chargé de tréteaux et de planches, l'homme peine à se frayer un chemin.

— Place ! S'il vous plaît ! Réclame-t-il de sa voix puissante.

Les gens arrêtent tout de suite de circuler et s'écartent pour le laisser passer. Les filles, elles, continuent d'avancer dans son sillage tout en gardant prudemment leurs distances.

Au milieu d'une allée, le gardien bifurque brusquement.

— Il est entré direct dans la salle "des sanglots", chuchote Eglantine.

Alice la dévisage avec inquiétude.

— Pourquoi il donne plus signe de vie, le

fantôme ?

— Le gardien, il a dû lui faire peur !
Enrage Eglantine.

Quelques visiteurs se sont massés devant
une vitrine d'exposition, juste à l'entrée de
l'allée.

Les filles en profitent pour se glisser parmi
eux afin de surveiller en toute discrétion
les mouvements aux abords de la salle.

Justement, un jeune couple, main dans la
main, s'aventure dans l'allée.

Il franchit tranquillement le seuil de la
salle. Quelques minutes plus tard, il
ressort accompagné du gardien qui
déroule derrière les jeunes gens un ruban-
barrière en travers de la porte.

Puis apparemment très pressé, l'homme
emprunte de nouveau l'allée cette fois
dans l'autre sens et sans la compagnie
encombrante de son diable.

Le couple revient sur ses pas.

En passant devant les deux filles toujours
aux aguets devant la vitrine d'exposition,

la jeune femme marque une pause.

Elle glisse son bras sous celui de son compagnon.

— On est arrivés trop tard ! Tant pis ! On fera un saut à Paris pour aller lui rendre visite à Cluny.

Les amoureux s'éloignent sous le regard rêveur d'Alice.

Eglantine perplexe triture une de ses mèches rebelles.

— Elle parlait de qui, à ton avis ?

— Aucune idée ! Soupire Alice. Puis après réflexion, elle ajoute.

— Le sphinx, il me posait la question, eh ben j'aurais pas su quoi lui répondre ! Il m'aurait pas autorisée à entrer dans cet endroit ! Il se serait jeté sur moi et il m'aurait tuée !

Eglantine lève les yeux au ciel.

— Peuh ! N'importe quoi ! Se contente-t-elle de lui dire.

∞

Sans plus attendre elle s'engage dans l'allée déserte jusqu'à cette salle désormais défendue au public par un bandeau jaune comme une vraie scène de crime.

— Waouh ! C'est trop beau ! S'extasie-t-elle sur le seuil.

— Waouh ! S'exclame à son tour Alice en découvrant avec ravissement une charrette, un authentique vieux pressoir, des barriques de vin occupant tout l'espace de la grande pièce. Le tout baignant dans une lumière douce et chaleureuse.

Son regard s'attarde ensuite sur une belle tenture accrochée au mur.

Paysans et seigneurs du Moyen-âge s'affairent au milieu des pieds de vigne.

De loin, Eglantine déchiffre sur un écriteau le titre de l'ouvrage tissé.

Elle le lit à haute voix.

— "Les Vendanges".

Prêt du musée de Cluny. Paris.

— Ah ! Je comprends ! La femme tout à

l'heure, elle parlait de cette tapisserie ancienne ! Réalise soudain Alice.

— OK mais ça résout pas l'énigme de notre fantôme. Pourquoi il rétablit pas sa connexion avec nous ? Se tracasse Eglantine.

Alice se concentre. Le silence se met à bourdonner à ses oreilles. Il en devient oppressant.

— Ça reste du sphinx pour moi !

— Il doit bien être quelque part ! Viens !

— Attends un peu ! Les Kou…heu…Les Faces de lune nous ont peut-être tendu un piège !

— Espèce de poule mouillée ! Tant pis ! J'y vais, moi !

Eglantine soulève le ruban-barrière censé être dissuasif et passe résolument dessous.

— Inutile de vouloir discuter avec un rhinocéros ! Marmonne Alice.

Les jambes tremblantes, avec réticence, elle se décide à transgresser l'interdiction à son tour.

Soudain, les filles sursautent.

Depuis l'intérieur-même de la tapisserie de Cluny, un des personnages des « Vendanges », une noble dame en longue robe de brocart, les interpelle.

— Vous voilà ! Je guettais votre arrivée avec moult impatience !

Les filles ont reconnu la voix qui les a guidées jusqu'ici.

La dame se lève du muret en briques sur lequel elle était assise, laisse tomber à ses pieds la grappe de raisin qu'elle tenait à la main, se détache de la tapisserie et se précipite au-devant des filles, les joues baignées de larmes.

— Je suis Dame Mathilde. Soyez bénies pour votre prompt secours.

— Vous, le fantôme du musée ! S'ébahit Eglantine.

— Je ne suis point un fantôme. Je vis et je demeure dans cette tenture médiévale depuis que j'y suis née avec son tissage, gentes damoiselles de l'honorable maison des Fasoré !

Eglantine demeure abasourdie.

— Vous savez qui nous sommes ? !

Dame Mathilde dessine de son index une série d'arabesques dans les airs.

— Dès que vous êtes entrées céans, j'ai vu cette onduleuse et scintillante poussière d'étoiles argentées se mouvoir avec vous au gré d'un souffle mystérieux, elle vous suit partout.

Je reconnaîtrai mes sauveteurs, les Fasoré, à ce signe infaillible du lien secret qui les unit au monde invisible. Damoiselle Naphtaline m'avait prévenue.

— Naphtaline ! ? Suffoque Alice.

—N'est-ce point cette damoiselle secourable qui vous a tantôt averties de mon malheur ? S'étonne Dame Mathilde devant l'air effaré de la jeune fille.

— Mais que …

— Oui ! C'est Naphtaline ! S'empresse de confirmer Eglantine, coupant net la parole à Alice de crainte qu'elle ne perde un temps précieux à vouloir élucider la présence étonnante du fantôme d'Hugo dans le musée.

Rassérénée par la réponse, Dame Mathilde pousse un soupir à fendre l'âme. Elle détourne son regard des filles pour le fixer tristement sur la tapisserie des Vendanges.

— Vous avez donc eu connaissance de la chute inévitable de mon fillot, Colin !

Proche de son emplacement vide, elle montre, éplorée, le contour quasi effacé d'une petite silhouette tout au bord de la toile tissée, à l'endroit précis où les fils de chaîne apparaissent passablement usés.

— Il se trouvait encore là hier ! Il avait joué avec entrain tout le long de la journée dans la vigne.

Mais l'humidité dans certaines demeures où nous fîmes halte puis les lumières, le temps ont eu raison de lui. Les fils de plus en plus ténus qui le maintenaient encore vaille que vaille à cette tenture ont fini par lâcher.

A l'aube, mon pauvre fillot a basculé sur le sol de cette pièce.

Avant que les filles ne cherchent

vainement des yeux le corps de son enfant, Dame Mathilde attire leur attention sur les deux imposantes barriques qui encadrent la tapisserie murale du Moyen-âge.

Elle leur désigne celle de droite.

— J'ai mis mon fillot à l'abri derrière ce fût. Damoiselle Naphtaline m'avait conseillé de le cacher. Elle craignait qu'invisible aux yeux des visiteurs ordinaires, il ne soit piétiné.

Elle baisse la tête en essuyant furtivement les larmes qui coulent le long de ses joues.

— Mais je suis terriblement inquiète. Depuis tout à l'heure, il ne répond plus que faiblement à mes appels !

— Nous sommes là, Dame Mathilde ! Dites-nous comment sauver votre fils ! S'écrie Eglantine, vivement émue par le désespoir de cette mère.

Dame Mathilde relève la tête et joint anxieusement les mains sur sa poitrine pour lui adresser sa requête.

— Il faut aller quérir dans cette bâtisse consacrée à l'art du tissage une certaine Julie, pour le recoudre à la toile !

Elle est tisserande de son état et Fasoré comme vous. Damoiselle Naphtaline me l'a recommandée pour son précieux savoir-faire. Elle a des doigts de fée, m'at-elle assuré et c'est une amie à elle.

— Une amie de Naphtaline ici, à la Cité de la Tapisserie ! S'exclame Alice décontenancée.

— N'ayez aucun souci, vous la trouverez facilement. Elle travaille dans l'atelier de restauration, juste à l'étage au-dessus, pense la rassurer Dame Mathilde.

Alice se mord les lèvres, embarrassée.

— C'est que... Notre mission s'arrête là ! Eglantine et moi on ne fait pas encore partie de l'équipe de secours des Fasoré de la Tour de l'Horloge.

Ils pensent qu'on est trop jeunes pour l'instant. Ils nous ont seulement chargées de recueillir toutes les informations utiles pour préparer efficacement leur intervention. D'habitude Ils viennent en aide à des fantômes normaux... Euh...Je veux dire plus courants. Mais ne vous en faites pas ! On va les prévenir et en moins que rien, ils vont résoudre le problème de votre fillot.

— C'est nous qui allons résoudre son problème ! Se récrie violemment Eglantine. On fonce tout de suite chercher Julie !

— Non ! Eglantine ! Hugo il voudrait sûrement pas, la rabroue Alice.

— Arrête de faire ta poule mouillée ! On lui prouvera qu'on est assez grandes pour se débrouiller toutes seules, aussi bien que tous les membres de sa T.H !

— Avec ta mentalité de rhinocéros qui fonce toujours sans réfléchir, on risque de tout foirer avec les Kouros à nos trousses. Ils sont trop forts pour nous. Souviens-toi! Ils ont failli tuer un gars de l'équipe. Il avait pourtant l'expérience, lui !

— Les Kourox, Damoiselles ? ! Interroge d'un air soucieux Dame Mathilde.

— Oui, Madame ! Lui répond Eglantine, ennuyée par la tournure que prend la conversation. Ce sont des démons.

Ils veulent empêcher les Fasoré de la Tour de l'Horloge de venir en aide à des êtres en difficulté qui peuplent un monde secret et invisible pour la majorité des humains. Il est accessible aux seuls somnambules.

— Comme Eglantine et moi, précise Alice.

— Damoiselles, vous n'avez jamais accompli un sauvetage de ce genre, n'est-ce pas ?

— Jamais ! Avoue spontanément Alice, aussitôt fustigée du regard par Eglantine.

— Eh bien ! Je ne veux pas mettre votre vie en danger. J'attendrai donc l'arrivée de ces Fasoré expérimentés de la Tour de l'Horloge, décide Dame Mathilde avec fermeté.

— Mais… Commence à protester Eglantine.

Dame Mathilde ne lui laisse pas terminer sa phrase.

— J'entends venir ! Dissimulez-vous promptement derrière ces paravents, au fond de la salle.

Vite ! Les filles courent s'éclipser derrière de grands panneaux de bois peints aux couleurs de l'été pendant que la mère de Colin réintègre son personnage dans la toile.

Aussitôt, le gardien et un des techniciens de l'amphithéâtre entrent dans la pièce, leur marche sérieusement entravée par le poids de plusieurs tables pliantes qu'ils transportent, empilées les unes sur les autres.
Ils s'en débarrassent à proximité des deux barriques qui montent la garde de chaque côté de la tapisserie des Vendanges suspendue au mur.

Eglantine et Alice qui observent la scène derrière les minces structures en bois disposées en accordéon, se lancent un regard fébrile.
Dans sa précipitation, Dame Mathilde a oublié de récupérer la grappe de raisin abandonnée à ses pieds et son visage n'est plus tourné du bon côté.

Trop tard pour la prévenir !

Les hommes déplient à présent les tables et les mettent bout à bout.

Tout en s'épongeant le front, le gardien se met à observer la tenture en fronçant ses sourcils broussailleux. Il se tait.

Pendant ce temps, le technicien tamponne son cou en sueur avec un mouchoir à carreaux.

Il est surpris par le silence prolongé de son collègue.

— Qu'est-ce qui cloche, Fred ? Finit-il par lui demander.

— Il faut qu'ils soient à l'aise pour faire leur constat d'état !

Il se dirige d'un pas décidé vers la cachette des filles.

— J'ai entassé des tréteaux derrière ces panneaux, au fond. On a qu'à les sortir de là !

Alice se met à trembler de tous ses membres. Eglantine serre les poings.

—Laisse-moi vérifier ! S'écrie Francis.

Le gardien s'arrête et se retourne. Il

attend, les bras croisés.

Son collègue déplie un mètre et se met à mesurer les tables.

Les filles retiennent leur souffle.

— Ce sera pas la peine ! Conclut-il. Ça va passer !

Derrière les petites fleurs des champs joliment peintes sur les panneaux en bois, Eglantine et Alice s'accordent un soupir de soulagement avant de mobiliser de nouveau toute leur attention sur les faits et gestes des deux hommes.

Francis s'apprête à partir.

Le gardien lui tend une enveloppe.

— Euh... Ça vient de l'accueil. Tu voudrais bien remettre ce courrier à Antoinette, s'il te plaît ! C'est marqué « Urgent ». Je n'ai pas le temps de monter au secrétariat.

Il faudrait que je file dans la Nef. Il y a un monde fou et personne en ce moment pour surveiller. Tout à l'heure, il y avait des gamines vraiment pas nettes qui circulaient !

— Antoinette, elle ne travaille jamais le

samedi après-midi ! Lui rappelle Francis.

—Oui mais on attend sous peu l'arrivée de la conservatrice du musée de Cluny ! Elle rapatrie plus tôt que prévu sa tapisserie des Vendanges qui sera de nouveau exposée à Paris.

Antoinette, tu la trouveras dans son bureau. Elle est en train de préparer le dossier pour le constat d'état.

—Ok ! ça marche ! Je lui monte tout de suite ce courrier !

Francis met la missive dans sa poche.

Tout est dit. Les deux hommes se séparent.

Fred, mains sur les hanches, jette un dernier coup d'œil autour de lui. Satisfait, il quitte la pièce sans se douter un seul instant qu'il laisse derrière lui une mère anéantie et deux jeunes Fasoré sous le choc de sa nouvelle.

Dame Mathilde s'est rapidement extirpée de la tapisserie des Vendanges. Elle accourt vers son fils dissimulé derrière la barrique.

Après s'être dégagées avec précaution de leur cachette, Eglantine et Alice se hâtent de la rejoindre, le cœur serré.

Elles découvrent une mère dévastée qui berce sur ses genoux le corps inerte de son enfant.

— Mon fillot, mon tout petit ! Lui chuchote-t-elle.

Les filles bouleversées se penchent sur le gamin.

Elles restent sans voix devant sa jolie petite frimousse d'une finesse de porcelaine, ses yeux clos bordés d'immenses cils, ses cheveux longs blonds et bouclés sous sa toque à l'origine d'un rouge éclatant mais dont la couleur est définitivement passée.

— Il n'y a plus rien à faire, Damoiselles ! Murmure Dame Mathilde, le regard vide.

— Il avait l'âge de Petit Léo ! Réussit à prononcer Eglantine, la gorge nouée.

Soudain des aboiements intempestifs et caverneux s'échappent de son sac à dos.

Alice pâlit. Mais immédiatement

Eglantine se tient prête à repousser l'assaut d'adversaires pour l'instant invisibles, dans une posture défensive de judoka.

Dame Mathilde s'arrache péniblement à la contemplation douloureuse de son fils.

— Damoiselle Fasoré, est-ce un chien dans votre besace qui vous cause un tel émoi ? !

— Oui Madame ! Un chien-fantôme, un cavalier King Charles ! Lui répond Eglantine sans se départir de son attitude combative.

— C'est notre ange gardien, précise Alice en jetant des regards apeurés autour d'elle. Il a détecté la présence de nos ennemis. Les Kourox, ils hésiteraient pas une seconde à nous supprimer pour nous empêcher de porter secours à Colin.

— Quelle bonne raison auraient-ils désormais de vouloir mettre votre vie en péril ? Lui rétorque Dame Mathilde en se relevant avec dignité pour s'approcher de la tapisserie.

A leur grande surprise, les filles la voient

appliquer son oreille contre la tenture du Moyen-âge.

Un pâle sourire se dessine sur son visage ravagé par le chagrin.

— Que Nenni, Damoiselles ! Il n'y a point de démons céans. Votre chien n'aboie nullement pour chasser quelque méchant intrus. Il répond simplement à l'appel amical du cavalier King Charles de mon fillot. Ne le cherchez pas ! Il n'est pas dans cette tenture mais par-delà.

Il attend toujours dans un chemin son petit maître devant la balle qu'il lui a lancée.

L'émotion submerge Dame Mathilde.

— J'ai si vive souvenance de ce jeu charmant entre eux... Des rires de Colin... Tête basse, elle s'écarte de la tapisserie.

— Les aboiements ont cessé ! Soupire-t-elle avec lassitude.

— Ghosty ! S'écrie tout à coup Eglantine, outrée.

Sans qu'elle lui en ait donné l'ordre, le chien-fantôme est apparu en toute discrétion auprès de l'enfant. Il est en train de renifler minutieusement sa main. Mais avant même qu'Eglantine n'ouvre la bouche pour lui reprocher sévèrement un comportement qu'elle juge totalement déplacé, il a déjà filé devant la tapisserie ancienne.

Tout excité, il jappe, se tait, écoute, aboie de nouveau avant de bondir et de s'engouffrer à l'intérieur de la toile tissée sous le regard médusé des deux filles.

Il réapparaît quelques instants plus tard, une balle en chiffons dans la gueule. Il la fait rouler doucement avec son museau jusque dans la paume ouverte de la main de Colin.

L'enfant se met à tâter l'objet sans le regarder.

— Chenapan ! Murmure-t-il dans un souffle.

Le visage de Dame Mathilde s'éclaire d'un seul coup.

— Dieu soit béni ! Il vit toujours !

— Vous ne pouvez pas attendre les Fasoré

de la Tour de l'Horloge pour sauver votre fils. Nous allons vous ramener Julie ! La prévient Alice brusquement décidée, elle aussi, dans l'urgence, à ne plus tenir compte des consignes d'Hugo.

Eglantine l'approuve par un hochement de tête.
Tout en enfilant sur les épaules les bretelles de son sac à dos, elle interpelle l'animal resté jusque-là au pied de Colin.
— Bravo Ghosty ! Je suis fière de toi ! En route, maintenant !
Tout heureux d'être félicité cette fois, le chien-fantôme rejoint sa cachette sans se faire prier après un zoup éblouissant dans les airs.

Cependant Dame Mathilde désemparée, lance tour à tour des regards éperdus à son fils qui respire difficilement, les yeux toujours fermés puis aux filles, prêtes à quitter les lieux pour voler au secours de son enfant.
— La vie de mon fillot au péril de la vôtre!

Comment accepter de vous livrer à la vindicte des Kourox ? S'écrie-t-elle.

A peine a-t-elle exprimé sa détresse, qu'une lumière insolente illumine subitement la salle d'exposition et surprend les filles.
Une voix suave mais empreinte d'autorité s'échappe de ce halo aveuglant.
— Cessez de vous tourmenter, Dame Mathilde ! Les Kourox ne se dresseront jamais sur la route de ces jeunes Fasoré ! Laissez-les courir chercher la tisserande pendant qu'il est encore temps !

Eglantine et Alice clignent des yeux, incapables d'identifier l'auteur de ces paroles.
Mais l'intensité lumineuse baisse progressivement jusqu'à révéler dans toute sa splendeur une jeune femme au port royal enchâssée à l'intérieur d'une sorte de bulle dorée.
Une longue tunique blanche habille son corps de déesse, une somptueuse chevelure

blonde encadre son visage angélique.

Quatre rouges-gorges voletant sur place à petits coups de battements d'ailes maintiennent entre leurs becs une couronne de fleurs sauvages au-dessus de sa tête.

D'un geste délicat, l'apparition fait lentement glisser son index effilé sur la paroi transparente de son habitacle. Elle vibre en émettant un son cristallin puis éclate d'un seul coup telle une bulle de savon.

— Oh ! S'exclament en chœur Eglantine et Alice impressionnées.

Avec un léger sourire de supériorité, l'apparition frappe une fois le sol de sa baguette en précieux bois d'ébène.

Un épais tapis de mousse aux fortes senteurs d'humus se déroule instantanément sous ses pieds nus.

Elle le foule avec grâce pour s'avancer jusqu'à Dame Mathilde qui la regarde venir vers elle avec une certaine perplexité.

— Il est vrai ! Je ne me suis pas encore présentée, minaude l'apparition.

On m'appelle la Fée des Bois. Ma tapisserie se trouve un peu plus loin à l'étage.

Elle jette un regard compatissant sur Colin.

— L'état piteux de votre fils m'a profondément émue, déclare-t-elle à la mère affligée. Je vous propose de l'héberger dans mon vaste domaine le temps que les fillettes reviennent avec cette restauratrice dénommée Julie.

Sans attendre de réponse, la Fée des Bois claque des doigts.

Un rapace surgit dans la pièce.

Il tournoie lentement au-dessus des filles, son œil vif de prédateur rivé sur elles.

— Waouh ! Un Autour des Palombes ! Reconnaît Alice.

Sans une seule parole, la Fée des Bois lui désigne l'endroit précis où gît le corps de l'enfant. Aussitôt, le rapace lâche exactement à cet emplacement le coquelicot jaune qu'il tenait en travers de son bec crochu.

La fleur légère tourbillonne en amorçant sa descente vers le sol.

Mais au moment de se poser, elle reste en suspens dans les airs.

Les quatre fragiles pétales jaunes qui la composent se mettent à grandir démesurément pour s'évaser en un profond réceptacle.

La fée des Bois prend alors Colin dans ses bras et le dépose avec une infinie délicatesse au sein de la corolle odorante de ce coquelicot géant.

Les filles écarquillent les yeux, pleines d'admiration devant un tel prodige.

Dame Mathilde, cependant, demeure soucieuse.

— Mille mercis pour votre sollicitude à l'égard de mon fillot, Fée des Bois ! Mais pendant qu'il sera à l'abri chez vous, comment damoiselles Eglantine et Alice éviteront-elles une rencontre fatale avec les terribles Kourox avant même de parvenir jusqu'à Julie la tisserande ?

La Fée des bois pince ses lèvres roses joliment dessinées, s'efforçant de refreiner son agacement.

— Je vous l'ai dit ! Ces demoiselles Fasoré n'ont rien à craindre.

Elle pose un regard froid sur Eglantine et Alice en attente près du ruban-barrière qui barre l'entrée de la salle d'exposition.

— Il est si facile de se faire passer pour des héros auprès de jeunes filles naïves ! Leur faire croire aux diableries d'êtres maléfiques. Mensonges de leurs amis ! Ils se font se passer pour des héros lors d'un soi-disant sauvetage périlleux qu'ils accomplissent en réalité sans la moindre difficulté !

Elle s'adresse de nouveau à Dame Mathilde d'une voix douce.

— Sachez que les Kourox sont de malheureuses créatures qui n'ont ni la méchanceté impitoyable, ni la cruauté sanguinaire, ni la dangerosité des monstres, des ogres ou des dragons. Ils sont juste victimes de la mauvaise réputation que certains Fasoré en mal de gloire leur ont taillée.

Elle met une main sur son cœur.

— Pensez-vous que je prendrais le risque insensé de secourir ce pauvre enfant en sachant pertinemment que mon initiative déchaînera inévitablement leur courroux ?

Le discours enflammé de la Fée des Bois balaie les réticences de Dame Mathilde.

— Eh bien ! Soit ! J'attendrai sans anxiété le retour des damoiselles Fasoré avec Julie la tisserande.

Elle se hausse sur la pointe des pieds pour regarder avec attendrissement son fils lové au sein de la fleur géante.

— Je vous le confie ! Consent-elle avec gravité.

— Je veillerai sur lui comme sur mon propre enfant ! L'assure l'autre d'une voix mielleuse.

Dame Mathilde n'a pas écouté ces dernières paroles. Elle caresse tendrement la joue de Colin, attentive à sa respiration devenue beaucoup plus régulière et apaisée.

La Fée des Bois finit par s'impatienter.

— Ne nous éternisons pas, Dame Mathilde! Réintégrez votre tapisserie et moi la mienne sans plus tarder. Je me dois au flot incessant de mes admirateurs. Ils ne cessent de défiler depuis l'ouverture jusqu'à la fermeture du musée, ajoute-t-elle avec un soupir de star blasée.

Dame Mathilde, à regret, quitte son fils pour se glisser hâtivement à l'intérieur de la tenture des Vendanges. Elle ramasse la grappe de raisin qu'elle avait laissé choir auparavant, défroisse les plis de sa robe en s'asseyant sur son muret et rectifie à plusieurs reprises sa posture pour s'intégrer sans erreur à l'ensemble du décor et des autres personnages tissés de sa tapisserie.

Pendant ces ajustements, la Fée des Bois s'est approchée de l'autour des palombes qui ne l'a pas quittée pas des yeux, perché sur la charrette.

Elle lui sourit avec bienveillance.

— Tu attends ta récompense ! Eh bien ! La voilà !

Joignant le geste à la parole, elle chasse immédiatement les quatre rouges-gorges de sa couronne de fleurs, comme de vulgaires mouches.

Les oiseaux paniqués s'élancent dans tous les sens pour fuir leur prédateur prêt à fondre sur eux mais ils semblent se heurter à des murs invisibles. En un éclair, l'autour des palombes les rattrape un à un et les dévore avec gloutonnerie.

La fée des Bois rit avec indulgence.

— Tu as bon appétit ! Allez ! File maintenant à la maison !

Sur-le-champ, l'oiseau de proie prend lourdement son envol et disparaît en s'élevant dans les airs avant d'atteindre le plafond.

La Fée des Bois agite alors ses mains en direction d'Eglantine et d'Alice figées à la vue de quelques taches de sang et de plumes éparpillées sur le sol.

— Qu'attendez-vous ? Allez ! Allez !

Courez vite jusqu'à l'atelier de restauration. Le temps presse !

Les filles, un peu mal à l'aise soulèvent le ruban-barrière.

— N'ayez crainte ! Aucun Kourox ne vous mangera ! Se moque la Fée des Bois.

Mais voilà que Ghosty se met à japper furieusement au fond du sac à dos.

Le visage de la Fée des Bois se durcit.

— Votre ange gardien n'est qu'un stupide chien-fantôme qui aboie sans discernement, affirme-t-elle d'un ton cassant.

Elle tend sa baguette en direction de la main de Colin profondément endormi. Les doigts de l'enfant se desserrent sans résistance et laissent échapper la boule de chiffons.

— Voilà le dangereux objet de sa mise en garde qui vous a causé tout à l'heure un si grand effroi ! Ironise-t-elle en faisant rouler à distance le jouet jusque dans un coin obscur de la pièce.

Avec un haussement d'épaules, elle se

détourne des deux jeunes Fasoré. De nouveau avec sa baguette magique, elle trace rapidement un large cercle autour de sa personne et de celle de Colin.

Quelques secondes après les filles abritent leurs yeux de la lumière éblouissante qui les aveugle.
— Ça y est ! Ils sont partis ! Constate Eglantine un peu sonnée.
Alice n'en revient toujours pas. Les bras ballants, elle fixe, incrédule, l'emplacement vide du monstrueux coquelicot.

— Je vous en supplie ! Faites vite, damoiselles !

La voix caverneuse et pressante de Dame Mathilde agit comme un électrochoc sur les deux filles.
Alice se secoue. Elle s'approche vivement de la tapisserie des Vendanges.
— Ne vous inquiétez pas ! On revient tout de suite avec Julie ! Murmure-t-elle à la

mère de Colin avant de courir vers la porte.

Eglantine, elle, tout feu tout flamme, attend déjà Alice dans le couloir. Elle est prête à pulvériser quiconque voudrait se mettre en travers de leur route.

Au secours ! Une souris !

Après avoir essuyé quelques protestations de touristes en forçant le passage dans les escaliers, Eglantine ne laisse pas Alice reprendre son souffle sur le palier du deuxième étage. Elle repère tout de suite le fléchage de l'atelier de restauration et sans délai entraîne avec elle sa coéquipière.

— Tu vois ! On s'est toujours pas fait manger !

— Ouais ! Mais moi je lui fais pas

confiance à la Fée des Bois.

— Tu préfères croire à ce que raconte ton petit chéri Hugo sur les Kourox. Normal ! "L'amour est aveugle" !

Alice indignée, saisit Eglantine par le bras et l'oblige à s'arrêter.

— C'est toi qui ferais bien d'ouvrir les yeux ! Elle a pas hésité une seconde à sacrifier les rouges-gorges à son oiseau de proie. Ça devrait plutôt te rendre méfiante sur sa version à elle !

— Si tu veux être véto eh ben tu ferais mieux d'imprimer dans ta caboche qu'un autour des palombes, il est pas végétarien ! Il se nourrit de petits oiseaux.

Eglantine se dégage et se remet en route en allongeant le pas.

Alice la rattrape.

— C'est vrai ! Mais la Fée des Bois, elle a laissé aucune chance aux piafs. Ça t'a même choqué ! Et puis tu oublies Ghosty! Il a tout de suite grogné dès qu'elle s'est mise à dire du bien des Kou... Des Faces de lune.

— Oh ! Toi et ta manie de toujours

chercher la petite bête ! Tu me saoules grave à la fin !

Eglantine lève la tête. Enfin devant l'atelier de restauration ! Elle frappe quelques coups impérieux à la porte.

— On doit convaincre Julie de nous suivre. Tu ferais mieux de penser plutôt à ça maintenant ! Hein !

∞

Quelques instants plus tard, une femme aux cheveux grisonnants leur ouvre la porte.

A son bras une corbeille remplie de bobines de fil.

— Bonjour ! On cherche à joindre Julie ! Claironne d'emblée Eglantine en s'efforçant de réprimer son impatience.

La femme lui sourit.

— Julie est là mais elle s'occupe pour l'instant du dernier groupe de la journée qui visite notre atelier. C'est urgent ?

Contrariée, Eglantine fronce les sourcils.

— C'est personnel !

— Oh ! S'empresse d'intervenir Alice devant l'air méfiant de la dame, on veut juste lui faire un petit coucou ! Tant pis ! On va l'attendre dans le couloir.

— Mais non ! Vous pouvez entrer ! Propose gentiment la femme. Julie ne doit plus en avoir pour bien longtemps.

Invitées à pénétrer dans l'endroit, les filles balayent d'un coup d'œil la pièce spacieuse et lumineuse dont les baies vitrées laissent généreusement passer la lumière du jour.

Assises devant de longues tables étroites, des restauratrices se penchent sur des tapisseries, une aiguille à la main.

— Waouh ! S'exclame bruyamment Alice.

— Ici on ne parle jamais fort. Je suis Lucienne. Venez avec moi ! Et Chut ! Leur rappelle-t-elle, un doigt sur la bouche.

Les filles acquiescent d'un hochement de tête. Elles suivent donc en silence leur accueillante hôtesse. Lucienne s'arrête devant une armoire métallique et entreprend de répartir dans des tiroirs étiquetés les bobines de sa corbeille selon leurs différentes couleurs et matières.

— Je vous laisse ! Julie est là au milieu du groupe des visiteurs.

Après l'avoir remerciée, les filles se dirigent à l'autre bout de la grande salle.

Aucune des femmes, absorbées par leurs travaux de restauration, ne lève la tête sur leur passage.

— Une vraie ruche ! Constate Alice à voix basse.

— Ça va pas être facile pour lui parler en privé ! Lui chuchote Eglantine en considérant la masse compacte de curieux qui se presse autour de celle qui reste l'unique espoir de sauver Colin de l'oubli avant demain matin.

Les filles ont beau hisser le cou, elles n'arrivent même pas à l'apercevoir, juste à entendre sa voix qui répond avec passion et précision à l'intérêt général que suscite son métier.

Justement au premier rang on lui pose une

question.

— Comment vous allez faire avec cette tapisserie ? Elle est très abîmée. On voit au travers par endroits. Vous allez la retisser ?

— Surtout pas ! Sur cette pièce très ancienne je me contente d'un travail de conservation pour stopper sa dégradation. Dans cet atelier vous n'avez pas vu de métiers à tisser de basse lisse, n'est-ce pas? Rien d'étonnant ! On travaille uniquement à l'aiguille pour reconstituer d'abord les fils de chaîne manquants puis on passe de nouveaux fils de trame pour reconstituer le dessin initial. Par exemple là, regardez !

— Oh ! S'exclame une dame. Qu'est-ce que c'est bien fait !

Eglantine croise les bras. Elle bout d'impatience.

— Quand est-ce qu'ils vont arrêter avec leurs questions ?

A l'instant-même quelqu'un d'autre interroge Julie.

— Mais pourquoi vous n'avez pas fait

pareil pour les yeux de ce personnage ?

— Oh ! Si jamais j'avais touché à son regard, j'aurais risqué d'en modifier la belle expression de fureur encore présente et détruit le travail magnifique du faiseur de chair qui l'avait tissée.

La restauratrice s'éclaircit la voix.

— On les appelait ainsi, les lissiers particulièrement habiles, spécialisés dans le tissage des visages. Ils étaient capables de restituer à merveille les expressions humaines les plus subtiles peintes sur les cartons de tapisserie qui leur servaient de modèles.

— Faiseur de chair !

Alice séduite par l'expression la répète à voix basse à Eglantine. En réponse elle n'obtient qu'un vague grognement.

Elle la pousse alors du coude.

— Fais pas cette tête ! Ils vont finir par s'en aller et puis te plains pas ! Ghosty, il a pas moufté jusqu'à présent.

Eglantine, comme sous le coup d'une illumination, lui presse le bras et refreinant une folle envie de crier victoire tout haut, lui souffle à l'oreille.

— Mais bien sûr ! La solution, elle est là ! T'es géniale, Alice !

Sans en discuter au préalable avec elle, elle appelle à voix basse le chien-fantôme. Il traverse comme une bombe la toile de son sac à dos et attend les ordres au garde-à-vous.

— Ghosty ! Va dire bonjour à la dame qui répond à tous ces gens qui l'interrogent ! C'est une Fasoré comme nous.

Il a compris !

Dans un élan formidable, le cavalier King Charles s'élève d'abord jusqu'au plafond. Il ajuste sa cible avec précision. Puis il pique en vrille sur les visiteurs.

Il fonce comme une torpille sans dévier de sa trajectoire à travers leurs jambes. Il déboule enfin aux pieds de la restauratrice, tout frétillant de tendresse.

— AAAaaaah ! Laisse échapper Julie.

— Une SOURIIIS ! Crie aussitôt Eglantine.

Instinctivement les gens s'écartent les uns des autres pour regarder prudemment par terre.

Immédiatement les restauratrices cessent leur travail.

Effrayée, il y en a même une qui lâche la pièce qu'elle tenait entre les mains pour monter sur sa chaise.

Julie, elle, réussit à conserver stoïquement son calme en dépit d'un Ghosty amical particulièrement envahissant, heureux d'avoir réussi sa mission.

Elle ne grimace même pas en sentant sa désagréable et forte odeur de chien mouillé.

— Mesdames et Messieurs, désolée, la visite de l'atelier est terminée. Je vous demanderai de sortir s'il vous plaît, réclame-t-elle.

Pas la peine de le répéter ! Certains ont pris leurs devants et ont déjà quitté les lieux.

Quant à Lucienne et ses collègues, elles se sont vite éclipsées chercher de quoi neutraliser le rongeur.

Dans la salle à présent vide, Eglantine et Alice n'en mènent pas large en voyant s'avancer vers elles une belle jeune femme absolument furieuse.

Gambadant autour d'elle, le cavalier King Charles.

Eglantine n'a pas la force de stopper son chien, paralysée par la colère blanche de la restauratrice qui, arrivée à la hauteur des filles, les invective durement.

— Bravo ! Vous avez réussi votre coup avec cette plaisanterie débile ! Il y a des souris dans le musée ! Vous cherchez quoi au juste ? Que nos visiteurs répandent partout cette fausse rumeur dans Aubusson ? Qu'on arrête de nous confier des tapisseries précieuses à restaurer, des pièces uniques qui font partie de notre patrimoine national ? Qu'on ferme définitivement l'atelier ?

— Non ! Non ! Bredouille Alice.

— Sortez tout de suite, que je ne vous revoie plus jamais ici !

Ghosty qui bâillait, affalé aux pieds

d'Eglantine, dans l'attente éventuelle de nouvelles consignes, se redresse puis étire ses pattes.

Julie lui jette un coup d'œil.

— Vous êtes des Fasoré mais ça ne vous autorise pas à entraîner votre fantôme dans n'importe quel délire ! Ajoute-t-elle d'une voix cinglante.

— J'ai pas trouvé d'autre moyen pour faire partir les gens, plaide Eglantine. Il fallait à tout prix qu'on vous parle et à vous seule.

— Très bien ! C'est quoi ce problème tellement urgent ? Je vous écoute !

Scannée par le regard sévère de la restauratrice, Eglantine parvient cependant à surmonter sa tétanisation.

Elle lui expose en quelques mots la situation dramatique de Colin et conclut sur un ton suppliant.

— Dame Mathilde, elle est désespérée ! Elle nous envoie vous chercher. Elle nous a dit qu'il n'y a que vous pour sauver son fils !

La colère de Julie semble totalement retombée.

— Comment se fait-il que Dame Mathilde ait songé à moi ? Questionne-t-elle.

Eglantine reprend la parole avec plus de confiance.

— Naphtaline, elle lui a parlé de vous !

— Naphtaline ! Répète pensivement la jeune femme. Il est vrai que nous nous connaissons ! Confirme-t-elle.

— Elle lui a déclaré que vous êtes la seule restauratrice Fasoré.

— Et que vous avez des doigts de fée, ajoute Alice.

Julie soupire, bien ennuyée.

— Je ne suis pas magicienne ! Le travail de restauration n'est pas une mince affaire. Vous n'en n'avez pas conscience ! Impossible même en m'y attelant toute la nuit et dans le strict respect du tissage de cette remarquable tenture du XVIème siècle ! Je suis vraiment désolée pour votre petit protégé.

Les filles catastrophées, à bout d'arguments, baissent la tête.

Alice finit par relever les yeux sur le jeune cavalier King Charles.

Désœuvré, en l'absence d'une autre mission à accomplir, il s'amuse à multiplier des zoups du sol au plafond.

Eglantine s'empare de son sac à dos et l'interpelle d'une voix morne.

— Bon ! Ça suffit Ghosty ! Viens ! Il faut qu'on aille prévenir maintenant Dame Mathilde puisqu'il n'y a plus rien à faire !

Elle s'apprête à tourner les talons suivie d'Alice complètement abattue.

— Attendez ! Leur lance brusquement Julie. Je sais d'expérience qu'on ne retisse pas un personnage dont il ne reste qu'une vague empreinte sur une toile si ancienne. Néanmoins, je peux tenter quelque chose à l'aiguille pour donner à Colin une chance de réintégrer sa place. Evidemment quelque chose de très provisoire, en attendant une vraie restauration plus tard, nuance-t-elle.

L'espoir renaît dans le cœur des filles. Elles se précipitent vers la restauratrice pour se confondre en remerciements.

Celle-ci tempère leur emballement.

— Ce n'est pas gagné ! Leur déclare-t-elle gravement. Bon ! Espérons que quelques points suffiront pour redonner vie à Colin! Et soudain, intriguée.

— C'est étrange ! Godefroy, le vieux lissier qui hante ma maison ne m'a jamais parlé de vous. Pourtant tu m'as bien dit qu'Alice et toi, vous faites partie des Fasoré de la Tour de l'Horloge, comme lui, n'est-ce pas ?

Eglantine gênée, regarde le chien-fantôme se gratter l'oreille puis filer dans le panier abandonné par terre par Lucienne.

— Pour l'instant on est que des stagiaires! Corrige Alice.

— Ah ! Se contente de dire la jeune femme.

— Il faut l'éliminer, Mesdames ! Pas de quartier !

C'est en poussant ce cri guerrier que

Lucienne vient de faire une entrée fracassante dans l'atelier à la tête d'une armée de restauratrices qui envahissent l'espace en un clin d'œil. Elles ont toutes tronqué leurs aiguilles contre des balais en paille de riz.

— Et soyez vigilantes ! Si y en a une, y en a peut-être d'autres !

Ça y est ! L'assaut est donné. Les mains crispées sur leur arme en bois, ces dames s'élancent dans la vaste salle pour débusquer l'ennemi redoutable et l'éliminer.

Face à ce tsunami, les trois Fasoré ne peuvent s'empêcher de reculer de quelques pas.

Ghosty, toujours dans le panier de la pourvoyeuse en fils, pose un regard curieux sur ces femmes qui courent partout sans le voir, sans même flairer sa présence.

Par contre, Lucienne accourt vers Julie.

Elle l'a tout de suite repérée en compagnie des filles, au fond de la salle.

— Qu'est-ce que tu fabriques ! C'est toi le chef d'atelier. Je pensais que tu étais partie avertir l'administration !

Elle jette un regard méfiant sur Eglantine et Alice.

— Et elles qu'est-ce qu'elles font encore ici?

— Elles sont avec moi, mes nièces ! Réplique la jeune femme sans hésitation.

Ce lien de parenté inattendu dissipe instantanément le malaise des filles.

— Il ne faut pas que tu tardes ! Ils doivent appeler d'urgence le service de dératisation !

— Ce n'est pas la peine ! Il n'y a PAS de souris ! Lui révèle brutalement Julie.

Et sans attendre sa réaction, elle se jette résolument au milieu de l'agitation frénétique de ses collègues, les mains en porte-voix.

— Arrêtez ! Il n'y a jamais eu de souris ici ! Clame-t-elle.

Son aveu fait l'effet d'une bombe. Toutes les restauratrices se figent, les yeux braqués sur leur chef d'atelier.

Lucienne est sidérée.

— Mais qu'est-ce qui t'a pris de pousser un cri pareil ?

Dans un silence tendu, Julie affronte le regard atterré des unes et des autres.

Le sien se pose brièvement et avec gentillesse sur le chien-fantôme. Il se met aussitôt à remuer la queue, tout content de l'intérêt quoique furtif que lui témoigne cette Fasoré qui appartient à la même communauté qu'Eglantine et Alice.

— Je répondais, s'explique-t-elle, aux gens qui me questionnaient sur nos techniques de restauration. Ils se pressaient un peu trop au-dessus de mon travail pour mieux voir. Ils ont bousculé une bobine posée au bord de la table. Elle a glissé sur le sol.

J'ai poussé spontanément un cri, avancé mon pied pour qu'elle ne se dévide pas en roulant. Les gens se sont écartés.

Quelqu'un a crié alors stupidement " Une souris ! ". Voilà tout ! Après, vous connaissez la suite.

La jeune femme se tait. Elle n'a rien à ajouter. Elle guette avec gravité la réaction de ses collègues.
 Des soupirs, des hochements de tête. Les visages se détendent progressivement.
— Bon ! Et si on allait faire une pause pour se remettre de nos émotions ? Propose Lucienne.
— Vu l'heure, je vous propose plutôt de fermer l'atelier !
Tout le monde approuve.
Julie s'empare alors du balai d'une des restauratrices.
— Allez-y ! Je les rangerai avec mes nièces!

Fée ou sorcière ?

Depuis que les trois Fasoré ont quitté au pas de charge l'atelier de restauration, le bonheur du chien-fantôme a pris de la hauteur. Enfin de l'action !

Heureux, il vole dans les airs mais Alice ne cesse de regarder avec méfiance tout autour d'elle.

Elle s'alarme.

— Eglantine ! Remets Ghosty dans ton sac à dos !

Julie, absorbée dans ses pensées, a entendu la demande pressante d'Alice.

— Si c'est pour moi, laissez tomber ! Son odeur ne me dérange pas du tout, j'ai l'habitude, assure-t-elle. Qu'il pleuve, qu'il vente ou qu'il fasse beau, Papouille, mon chien, revient toujours à la maison avec le poil mouillé après nos balades dans la campagne.

Elle lève les yeux vers le Cavalier King Charles qui papillonne avec la légèreté d'un fantôme au-dessus de sa tête.

— Il est charmant mais quand même c'était une drôle d'idée de l'emmener au musée avec vous !

— En fait ! Au départ, on pensait qu'il nous servirait d'ange gardien, en cas d'attaques sournoises de nos ennemis les Kourox, lui avoue Eglantine. Mais je me suis complètement gourée sur eux ! Ils ne feraient pas de mal à une mouche ! Seulement Alice elle est têtue ! Elle refuse de croire qu'ils sont inoffensifs ! Conclut-elle en haussant les épaules.

— Elle a raison ta copine ! Lui rétorque

avec gravité la jeune femme. Godefroy m'a souvent parlé de la guerre sans merci et particulièrement habile menée contre les Fasoré de la T.H. par ces êtres immondes et retors ! Ils guettent le bon moment pour passer à l'action.

Ne crie jamais victoire trop tôt Eglantine, avant de t'être assurée d'avoir totalement réussi ta mission ! Sinon, sous l'emprise de leurs paroles hypnotiques, ils t'obligeront à agir de telle sorte que presque arrivée au bout de ton intervention, tu échoueras lamentablement. Ne les sous-estime pas !

 Ne sois pas trop sûre de toi ! Reste vigilante jusqu'au bout !

Impressionnée par cette mise en garde, Alice s'étrangle presque.

— Hugo il a dit pareil ! Allez ! Eglantine ! Remets vite Ghosty dans le sac à dos !

Cette fois-ci, son intrépide coéquipière est prête à céder sans rechigner.

— Attends ! S'interpose Julie. A quoi sert une planque si elle n'est plus tenue secrète! Votre chien a perdu depuis longtemps son joker d'invisibilité auprès des Kourox.

La restauratrice se tourne vers Alice qui la regarde, mal à l'aise.

Elle lui sourit, rassurante.

— Ne t'en fais pas ! Je pense à un moyen très simple et dissuasif pour stopper net les sales tentatives d'approche de ces créatures ignobles. Je l'utilise systématiquement dans mon boulot quand un personnage que je restaure me casse parfois les pieds.

— Ah bon ! Qu'est-ce qu'il fait pour t'embêter ! S'étonne Alice.

— Il se met à insister lourdement pour que je modifie un détail de son tissage... sa barbe, par exemple qu'il voudrait que je lui rallonge.

— C'est quoi ton truc alors ?

— Hé ! Regardez ! S'écrie Eglantine.

Elle montre du doigt le chien-fantôme en arrêt devant la tapisserie de la Fée des Bois.

— Il nous attend !

Julie accélère sa marche.

— Dépêchons-nous ! Je vous parlerai plus tard de "mon truc" à toutes les deux. Il n'y a pas urgence. Pour l'instant il s'agit de récupérer Colin au plus vite !

∞

Désagréablement surprise par la présence inattendue d'une inconnue en compagnie des filles, la Fée des Bois, royale, soulève le bas de sa robe pour enjamber son cadre.

Elle se plante dans l'allée, hautaine et méprisante et toise de la tête aux pieds cette belle jeune femme à la magnifique chevelure sombre nullement impressionnée de se retrouver face à elle.
— Encore une Fasoré ! Bonne femme, que faites-vous donc ici avec ces deux péronnelles ?
Julie ne s'offusque pas du ton injurieux.
— Je travaille comme restauratrice dans ce musée, répond-t-elle posément. Je viens chercher Colin pour tenter de le sauver de

sa disparition de la tapisserie des Vendanges.

Elle déroule aussitôt une pièce tissée provenant de son atelier, entièrement recouverte de fleurs multicolores et de plantes variées.

La fée des Bois y jette un coup d'œil condescendant.

— Un "Millefleurs" ! Reconnaît-elle.

— Oui ! Le même décor fleuri que celui des "Vendanges".

Je l'ai choisi exprès pour que Colin ne soit pas trop perturbé pendant son transport là-dessus jusqu'à mon atelier. Puis après, avec du fil et une aiguille, je ferai de mon mieux pour qu'il puisse reprendre la place qui lui est réservée dans sa tapisserie.

— Avec du fil et une aiguille ! S'esclaffe la Fée des Bois.

Quelle présomption que la vôtre, bonne femme ! Prétendre vous dispenser de devoir retisser ! A moins que vous n'ayiez des pouvoirs magiques pour réparer un personnage en si mauvais état avec des outils aussi mal appropriés ! Raille-t-elle tout en jouant avec sa baguette.

Julie esquisse un petit sourire amusé.
— Je n'ai pas cette prétention ! Je n'ignore rien des longues et délicates étapes d'un retissage. Numérisation de la tapisserie d'origine. Impression d'un carton. Etude des différentes natures et grosseurs des fils.
La Fée des Bois se met à bâiller sans retenue.

Julie poursuit, imperturbable.
— Echantillonnage des couleurs originelles. Recueil des fibres aux couleurs préservées. Confection d'un chapelet de couleurs numérotées reporté sur le carton.
Son interlocutrice cesse d'un seul coup ses bâillements à répétition.
— J'ai moi-même été retissée de cette façon, mentionne-t-elle avec suffisance, pour le compte d'une collectionneuse. Je l'avais « ensorcelée » ajoute-t-elle en minaudant.
Elle se met à tournoyer.

— Beau travail, n'est-ce pas, comparé à mon original conçu dans les ateliers Croc-Jorrand-Danton au cours des années 1910 !

— Mon seul but est d'aider Colin à remonter dans sa tenture en attendant qu'on le retisse plus tard, lui réplique la restauratrice sans lui retourner de compliment.

La fée des Bois prend soudain un air revêche.

— Croyez-moi, ce marmot n'en vaut pas la peine ! A peine esquissé dans cette scène des Vendanges. Juste un infime détail sans intérêt !

Puis elle lance d'un air détaché.

— Malgré tout, si vous y tenez vraiment, il faudra déjà que vous le retrouviez. Pfut! Disparu, évanoui, envolé !

— Quoi ! ? S'écrient en chœur Eglantine et Alice sidérées.

La Fée des Bois se tait, feignant de réajuster sa ceinture sur les plis impeccables de sa tunique.

— Oh ! Mes admirateurs ! Je me retire ! S'exclame-t-elle soudain d'un air faussement désolé.

Quelques vagues visiteurs se profilent en effet dans l'allée.

— Je vous en prie ! Dites-nous ce qui s'est passé ! La presse Eglantine affreusement anxieuse et terriblement avide d'en savoir plus.

— Puisque vous insistez, on s'expliquera chez moi, dans mon royaume mais nulle part ailleurs ! Prévient-elle d'un ton catégorique aux filles complètement chamboulées.

— Non ! N'y allez pas ! S'interpose Julie. On va perdre un temps précieux. Il vaut mieux qu'on parte à la recherche de Colin.

— Tant pis pour vous ! Adieu !

Le visage fermé, la Fée des Bois lève sa baguette et s'apprête à disparaître de l'allée pour réintégrer son cadre.

— Je viens ! Annonce brusquement Eglantine.

— Je ne peux pas te laisser ! Je viens aussi! Décide à son tour Alice.

La restauratrice montre alors du doigt aux filles la tapisserie de celle qui règne en maîtresse absolue sur une nature sauvage et impénétrable.

— Non ! N'y allez pas ! Ne lui faites pas confiance ! Elle vous tend un piège !

Regardez ! Un loup, un serpent ! Cet endroit est particulièrement malsain et dangereux pour vous. N'y allez pas ! Vous feriez une énorme bêtise toutes les deux !

Eglantine secoue la tête négativement.

— Désolée Julie ! On a trop besoin de savoir !

— Mais on sera sous votre protection, n'est-ce pas ? ! Veut s'assurer Alice.

La Fée des Bois acquiesce.

Un sourire ambigu aux lèvres, elle pivote sur ses talons et jette un rapide coup d'œil dans l'allée.

Les visiteurs se sont considérablement rapprochés de l'emplacement de sa tapisserie en dépit de leurs arrêts fréquents devant quelques œuvres exposées tout au long de leur cheminement.

Sans préavis, d'un coup de baguette magique aussi cinglant qu'un coup de fouet, elle projette alors sans ménagement Eglantine et Alice dans sa tenture, au pied d'un chêne séculaire.

Ghosty s'élance à son tour mais il se cogne contre la toile tissée devenue aussi dure qu'un mur bétonné.

La Fée des Bois éclate d'un rire mauvais.

— Tu n'y songes pas ! Tu es vraiment trop laid avec tes yeux globuleux et ton museau écrasé ! Tu ferais tâche dans mon paysage.

Les filles expédiées avec perte et fracas dans la tapisserie, se dissimulent à moitié sonnées derrière le tronc rugueux de l'arbre.

Alors qu'elles se frottent douloureusement le front, le groupe de touristes s'extasie déjà devant le seul personnage féminin tissé au milieu des bois sombres.

— Comme elle est lumineuse ! ... Quels traits délicats ! ... Et des yeux si doux ! ... Et ses longs cheveux ! On dirait des fils d'or ! ... Oh ! Et le loup ! Vous avez vu avec quelle tendresse elle lui caresse la tête! ...

Séduits par le charme aérien de cette belle créature féérique, les visiteurs finissent cependant par s'éloigner dans l'allée à la découverte d'autres sujets d'émerveillement.

— Vous pouvez vous montrer à présent ! Annonce avec un rictus déplaisant au coin des lèvres, celle qui un instant plus tôt offrait à ses admirateurs un visage angélique.

Pressées de connaître enfin les circonstances de la disparition de Colin, les filles ne se font pas prier pour quitter rapidement leur cachette derrière l'énorme chêne. Elles se hâtent vers la Fée des Bois qui se tient non loin d'elles.

Mais au fur et à mesure qu'elles avancent vers elle, cette magicienne dresse des ronces, des orties sous leurs pas et la distance à parcourir pour la rejoindre augmente péniblement sans arrêt.

Eglantine et Alice finissent par arriver non sans quelques griffures et piqûres devant leur hôte qui les dévisage méchamment.

— Plus jamais je ne veux entendre parler de ce moins que rien ! Explose-t-elle.

Tout près de sa maîtresse, le loup grogne sourdement, le poil maintenant hérissé et laisse entrevoir ses longues canines terriblement effilées sous ses babines retroussées.

Eglantine avale sa salive.

— Alice, tu trouves pas qu'il nous regarde bizarre ! Lui chuchote-t-elle.

— J'espère qu'il nous prendra pas pour les sœurs du petit Chaperon Rouge ! S'efforce de plaisanter Alice.

Malgré son appréhension, d'une voix douce et respectueuse elle interrompt le flot d'invectives de la Fée des Bois.

— Nous sommes désolées si Colin vous a causé des ennuis !

— Des ennuis ! Ce pouilleux ! Je lui avais tressé une couronne de fleurs rares identique à la mienne. Il s'est sauvé en la piétinant. Dans sa fuite, il a marché sur mon peigne précieux en nacre et l'a cassé. Ce rustre ! Il a bafoué mon hospitalité !

A ces mots, le serpent lové au pied de la Fée des Bois déroule son corps reptilien et se redresse dans un sifflement de sa langue fourchue et venimeuse.

Alice fronce les sourcils mais ne recule pas devant ses petits yeux haineux qui la fixent intensément.

— Colin il s'est réveillé sans sa maman en pleine forêt avec une inconnue, au milieu d'animaux sauvages. Il était juste terrifié!

— Mon petit frère Léo il aurait fait pareil, il se serait sauvé ! S'insurge Eglantine, indifférente au reptile qui ondule sournoisement sous son nez et même au loup qui émet sourdement des grognements hostiles.

— Peuh ! S'il ne s'était pas enfui, j'aurais su comment lui faire passer sa frayeur.

Elle pointe un doigt agacé sur ses deux redoutables animaux de compagnie.

Sur-le-champ, elle transforme le serpent en une corde à sauter et le loup en une douce peluche à câliner.

Les filles ébahies ne sont pas au bout de leurs surprises.

La magicienne frappe trois fois dans ses mains.

Dans un lourd battement de ses courtes ailes un rapace au bec crochu et tranchant prend son envol depuis le chêne sous lequel se dissimulaient les filles.

— Waouh ! L'Autour des Palombes ! L'identifie immédiatement Alice.

Il se met à tournoyer lentement au-dessus des deux jeunes Fasoré, les serres aussi affûtées que la lame tranchante d'un couteau de boucher.

Eglantine le suit des yeux avec un peu

d'inquiétude.

— Il devait nous épier en douce, bien planqué quelque part au-dessus de nous.

— Apporte-moi sa tenue ! Lui réclame sèchement sa maîtresse.

Quelques secondes plus tard, l'oiseau de proie laisse tomber au pied d'un arbre une tunique d'enfant taillée dans une étoffe soyeuse tramée de fils d'or. Puis sans bruit, il regagne à tire d'ailes le cœur de la forêt profonde et mystérieuse.

Sur ce vêtement luxueux, trois lettres F.D.B brodées d'un fil de soie rouge, surmontées d'une couronne dorée.

— Mes initiales ! Relève avec orgueil la Fée des Bois.

Son beau visage s'attriste d'un seul coup.

— Cet habit, je l'avais moi-même conçu pour le fils chéri que j'aurais dû voir grandir, soupire-t-elle, chagrinée.

Eglantine, perplexe, se penche discrètement vers Alice.

— Ça alors ! Il est mort, tu crois ?

Alice ne lui répond pas.

Elle observe la Fée pensive caresser du bout de sa baguette la tunique étalée sur le sol mousseux.

Et voilà qu'elle s'anime soudain comme si un enfant invisible l'avait enfilée avant d'aller grimper sur la branche d'un arbre et se mettre à balancer sagement ses pieds au-dessus du vide.

Sans plus se soucier d'Eglantine et d'Alice, la Fée des Bois, dans une sorte de rêve éveillé, glisse vers ce semblant de fantôme et s'adresse à lui d'une voix très douce.

— Sylvain, tu aurais pu me distraire de ma solitude. Je t'aurais appris à reconnaître ces plantes dont les vertus exaltent ma beauté. Tu aurais aussi cueilli les fraises des bois que j'aime tant.... Le petit Colin... La même blondeur, les mêmes traits fins que moi... Il aurait tenu ta place, je l'aurais adopté ! Je l'aurais appelé Sylvain...

— Vous parlez de Colin, le fils de Dame Mathilde !   Réalise   brusquement Eglantine consternée. Mais elle n'a jamais voulu que vous l'adoptiez ! Elle tenait très fort à son fillot !

— Elle pleurait à l'idée de le perdre ! Vous l'avez bien vu comme nous ! Elle voulait seulement que vous le gardiez chez vous le temps qu'on aille chercher une restauratrice pour le sauver de l'oubli ! Suffoque Alice.

La fée des bois confrontée à l'indignation des filles, hausse les épaules et va ramasser la peluche qui traîne par terre un peu plus loin, destinée à son Sylvain. Elle la regarde avec rancœur en la tenant négligemment par une oreille.

— J'erre éternellement seule dans les bois au milieu d'animaux, confie-t-elle, sans même la présence distrayante d'elfes ou de lutins. Mes amis les Kourox me l'ont douloureusement rappelé. Je ne pouvais pas laisser passer cette chance inespérée de pouvoir adopter un enfant tombé d'une tapisserie. Un accident rarissime, cette chute ! Mes chers amis étaient venus eux-mêmes m'annoncer cette bonne nouvelle.

Ils se réjouissaient sincèrement de cette occasion unique pour moi de combler le vide de ma vie.

Elle jette violemment à terre la peluche et fusille des yeux le fantôme qu'elle a artificiellement créé, toujours tranquillement installé sur la branche et qui anime la tunique d'enfant.
Avec une satisfaction haineuse, elle lui fait perdre l'équilibre, basculer dans le vide et s'affaisser au pied de l'arbre.
— Moi qui rêvais depuis des siècles d'un petit prince à mes côtés ! Fulmine-t-elle, pleine d'amertume. Je l'avais adopté ce pouilleux. Je l'avais revêtu de cet habit digne d'un roi. Et qu'en a-t-il fait ? Il l'a arraché pour remettre ses guenilles et s'enfuir.

Le visage déformé par la colère, elle souffle alors puissamment sur le vêtement.
Il s'enflamme, se contorsionne, pitoyable pantin pour se réduire en un dérisoire petit tas de cendres.

Aussitôt après, elle frappe de sa baguette la corde à sauter et la peluche.

Le serpent et le loup ressuscités reprennent immédiatement leur comportement agressif et leur place auprès de leur maîtresse.

— Voilà ! J'en ai fini avec ce monstre d'ingratitude !

Alice est atterrée mais Eglantine secoue violemment la tête. Ses deux couettes flamboyantes tremblent d'indignation.

— C'est vous le monstre ! Vous avez trompé Dame Mathilde pour vous emparer de Colin. Vous n'êtes qu'une sale voleuse d'enfant !

— Oui ! Vous n'aviez pas le droit ! Vous n'êtes qu'une méchante magicienne, une sorcière ! Réagit brusquement Alice outrée.

— Petites péronnelles insolentes !

La Fée des bois, hors d'elle, lève sa baguette sur les filles pour leur infliger un châtiment exemplaire.

— Je ne vous conseille pas !

La magicienne suspend son geste et se détourne avec étonnement des deux jeunes Fasoré.

De l'autre côté de la tapisserie, Julie la défie les bras croisés pendant que Ghosty retrousse ses babines, l'air menaçant.

La fée éclate soudain de rire.

— Vous prétendez maintenant, bonne femme, posséder des pouvoirs plus puissants que les miens pour m'en empêcher !

— Je peux en tout cas rendre votre solitude encore plus dure à supporter, lui réplique calmement Julie, vous priver des visiteurs du musée, votre seule distraction de la journée. J'obtiendrai aisément l'autorisation de vous retirer de ce mur en me proposant d'effectuer quelques travaux de restauration sur votre tapisserie. On en mettra une autre à votre place. Il n'en manque pas dans la réserve du musée et dans l'arrivage de nouvelles œuvres tissées.

La Fée des Bois piquée au vif par ces

paroles, se décide à réapparaître dans l'allée.

Elle se campe devant sa tenture, plus arrogante que jamais.

— Sous quel prétexte voulez-vous engager une quelconque réparation ? Ils sont parfaits mes bois ! Qu'est-ce que vous leur reprochez !

— Ces ronces et ces orties, elles n'existaient pas avant ! Lui fait remarquer la restauratrice.

— Ah ! Ce n'est que ça, bonne femme ! Ne vous inquiétez pas ! Je suis capable de refaire ce que j'ai défait.

D'une simple imposition de ses mains sur la toile, les bois retrouvent leur apparence initiale sans plus aucune trace de broussailles et de plantes urticantes.

La magicienne exulte mais Julie revient à la charge.

— Regardez tous ces fils qui pendent lamentablement au bas de votre tapisserie! Ces dégâts-là, vous ne les avez pas causés vous-même ! C'est Ghosty qui en est l'auteur. Il s'est acharné à vouloir pénétrer dans votre royaume dont vous lui aviez interdit l'accès.

Pendant que La Fée des Bois se penche un bref instant pour examiner les endroits nettement abîmés de sa tenture, Julie réattaque de plus belle.

— Et puis après avoir réparé le bord de votre tapisserie, je modifierai votre regard. Je vous ferai loucher !

La Fée des bois se redresse à la fois horrifiée et offusquée. Les mâchoires serrées, elle réintègre son cadre.

— N'oubliez pas ! Lui lance la restauratrice, de votre décision dépendra la mienne !

Dédaignant lui répondre, la magicienne se met à fixer Eglantine et Alice d'un regard noir, étincelant, implacable.

Elle gonfle ses joues.

Avant même d'avoir eu le temps d'appréhender la terrible punition promise, les deux jeunes Fasoré sont éjectées de la tapisserie par un puissant souffle fétide.

Le fil d'Ariane

Eglantine et Alice balayées comme de vulgaires feuilles mortes, aspirées dans le tourbillon d'une puissante tornade, retombent pesamment dans l'allée.

Ghosty zoupe de contentement en les voyant réapparaître pendant que la restauratrice se porte à leur secours. Elle s'empresse de les entraîner à l'écart de la tapisserie.

Désormais la Fée haineuse affiche d'elle l'image d'une frêle et lumineuse jeune femme dans des bois sombres en la seule compagnie de dangereux animaux sauvages.

Alice tremble en s'époussetant, encore toute secouée par sa mésaventure.

— Tu nous as sauvées, Julie ! Sans toi je ne sais pas ce qu'on serait devenues !

Eglantine, pendant ce temps, essuie des gouttes de sang qui perlent d'une méchante griffure à son poignet.

Avec un profond soupir, elle rend son mouchoir à la restauratrice.

— J'aurais dû t'écouter ! Reconnaît-elle. J'étais sûre qu'on réussirait toutes seules à faire ce sauvetage. J'ai tout foiré ! J'ai foncé sans réfléchir et j'ai fait que des mauvais choix. Je nous ai mises en danger Alice et moi. Hugo il va être furieux !

— Je suis aussi fautive que toi ! Estime Alice d'une voix éteinte. Je t'ai suivie !

Eglantine, les yeux embués de larmes,

réajuste ses couettes défaites qui pendouillent sur ses épaules.

— Le pauvre petit Colin ! Si ça se trouve cette sorcière elle nous a laissé croire qu'il avait disparu mais elle l'a peut-être tué !

— Et puis même s'il est encore vivant, autant chercher une aiguille dans une meule de foin. Le musée il est tellement grand ! Et puis il est déjà tellement tard ! Se décourage Alice anéantie.

Eglantine hoche la tête tristement.

— Il faut aller prévenir Dame Mathilde ! C'est bien fini, cette fois ! Y a plus rien à faire. Hein ? Julie !

La restauratrice lui jette un regard compatissant, soupire et se met à réenrouler soigneusement le morceau de tapisserie qu'elle destinait à Colin.

— Bon ! J'ai compris ! Se contente de dire Eglantine.

Elle se met aussitôt à chercher des yeux Ghosty pour lui signifier leur départ.

Spontanément, elle tourne la tête vers la tapisserie de la Fée des Bois.

Le cavalier King Charles est toujours là, occupé à flairer la tenture sous le regard impassible de la dangereuse magicienne.

— Qu'est-ce qu'il nous a encore inventé ! Murmure-t-elle en pestant immédiatement contre le chien-fantôme.

— Ça doit lui plaire grave toutes ces odeurs de la forêt ! Réplique Alice pour l'excuser.

Mais avant même d'être rappelé une fois de plus à l'ordre, Ghosty abandonne brusquement la tapisserie et se met à raser les murs, les oreilles traînant par terre, l'air très concentré.

Julie pousse vivement les filles dans l'allée.

— Suivons-le ! Leur chuchote-t-elle.

Dès lors les trois Fasoré ne lâchent plus des yeux le cavalier King Charles.

Il avance invisible au milieu des visiteurs qui se font de plus en plus rares mais qui circulent encore dans le musée à cette l'heure tardive, proche de la fermeture des portes de la Cité Internationale de la

Tapisserie.

— Il a peut-être senti la présence des Faces de ... Des Kourox ! S'émeut brusquement Alice.

Eglantine hausse les épaules avec lassitude.

— Ça risque pas ! Ils ont plus rien à faire de nous. Ils ont gagné ! On est en échec total !

Soudain Julie s'arrête et fait mine de relacer sa chaussure.

Elle observe l'endroit précis que vient de renifler le chien-fantôme et elle se redresse aussitôt avec un large sourire.

— Rien n'est perdu ! Ghosty vient de retrouver notre fil d'Ariane !

Les filles la dévisagent sans comprendre.

— Dans la mythologie grecque, clarifie la restauratrice, Ariane, la fille du roi Minos avait remis à son amoureux, le valeureux Thésée une pelote de fil pour qu'il puisse ressortir sans se perdre du labyrinthe construit par Dédale et dans lequel l'effroyable Minotaure le guettait pour le tuer.

— Alors, suivre un fil d'Ariane, c'est comme suivre les indications d'un GPS quand on est paumé ? Reformule Alice.

— Oui ! C'est exactement ça ! lui répond la jeune femme.

Eglantine s'empresse de se pencher à son tour et découvre un fil si ténu, qui épouse si bien la plinthe du mur qu'il passe quasi inaperçu.

Elle retrouve subitement son enthousiasme.

— Je le vois, le fil d'Ariane !

Maintenant Alice le distingue aussi mais les sourcils froncés, elle interpelle Julie.

— Comment tu peux être sûre qu'il appartient à Colin. C'est un fil de soie ! La Fée des Bois elle nous a dit qu'il portait des guenilles, le gamin.

— Même si sa tunique était en très mauvais état, le fils de Dame Mathilde ne portait pas des habits de paysan.

— Qu'est-ce qui va rester de ses vêtements si ça continue ! En conclut néanmoins

Alice à la vue de Ghosty poursuivant toujours sa quête.

— Affaibli comme il est, il ne doit plus être bien loin, estime Julie.

Pour preuve, dans une allée que les trois Fasoré viennent d'emprunter, le chien-fantôme vient de disparaître à travers le mur d'un local abritant le matériel d'entretien.

— Notre fil d'Ariane il passe sous la porte. Génial de chez génial ! On a retrouvé Colin! Il a choisi l'endroit idéal pour se mettre à l'abri, se réjouit Eglantine toute excitée.

Sans plus attendre, à la suite de Julie, les filles pénètrent, confiantes, dans la pièce.

Mais une fois la porte refermée, des aboiements furieux glacent instantanément le sang d'Alice. Elle serre convulsivement la main d'Eglantine pendant que dans l'obscurité totale, à

tâtons, la restauratrice cherche le bouton
de l'interrupteur pour faire la lumière.
Un néon grésillant éclabousse enfin d'une
lumière froide et violente un local étroit,
très encombré.

Eglantine et Alice étouffent alors un cri.
Dans un coin, effondré près d'un chariot
de ménage, les yeux mi-clos, Colin lutte de
plus en plus difficilement mais avec
l'énergie du désespoir contre sa prédatrice,
une monstrueuse araignée noire et velue
en train de le vampiriser. Avidement elle
tire à elle de ses huit pattes le précieux fil
d'Ariane de la tunique du jeune garçon
pour en nourrir sa toile.
De son côté, le cavalier King Charles se
démène comme un fou.
Il déploie toute son énergie pour tenter de
mettre fin à l'hémorragie de son protégé.
Il se lance inlassablement assaut après
assaut contre l'araignée au centre de sa
précieuse construction aussi fine qu'une
dentelle mais aussi solide qu'un fil de fer.
A chaque attaque, par le prisme de ses

huit yeux elle voit passer sans aucune crainte ce fantôme plein de fougue et de hargne qui traverse sa toile sans même la faire frissonner. Elle continue, immuable, imperturbable, l'agrandissement de son œuvre.

Bientôt d'autres fils suivront. Bientôt c'en sera définitivement fini de Colin.

Pschitt ! Pschitt ! Deux puissantes giclées de bombe insecticide viennent d'en décider autrement.

L'araignée surprise, aspergée du produit toxique se raidit, s'accroche désespérément à sa toile mais elle suffoque et la voilà qui dégringole inexorablement de son fief jusqu'au sol. Elle se recroqueville sur elle-même. Elle arrête de brasser l'air de ses huit pattes. Elle ne bouge plus. Elle ne bougera plus.

Ghosty, le nez hargneux au-dessus de cette petite boule noire définitivement rabougrie, émet encore de furieux jappements.

— Out ! Rugit Eglantine qui replace sur une étagère, à côté d'autres produits ménagers, son arme fatale.

— C'était une tégénaire trop feignasse pour tisser sa toile elle-même, conclut Alice en guise d'épitaphe !

Julie déjà agenouillée auprès du fils de Dame Mathilde, évalue en silence l'ampleur des dégâts. Epuisé, il a fermé les yeux.

Eglantine s'approche à son tour.

— Elle est morte, la méchante araignée. Tu n'as plus rien à craindre, Colin !

L'enfant ouvre ses grands yeux pâles et malgré son extrême fatigue, il parvient à lui adresser un sourire lumineux, plein de reconnaissance.

Discrètement Ghosty est venu se coucher à ses pieds. Il rampe à présent jusqu'à la hauteur du bras tendu vers lui. L'enfant se met à lui caresser affectueusement la tête. Le cavalier King Charles en frétille de bonheur.

— On dirait Chenapan !

Une larme roule alors sur ses joues exsangues.

— Pauvre Chenapan, il faudra qu'il trouve un autre maître maintenant.

Ruminant son chagrin, il passe un bras autour du cou du chien-fantôme qui lui lèche la main. Alice, la gorge serrée, observe la scène en silence.

La restauratrice déroule alors son étoffe tissée de "Mille Fleurs" et avec d'infinies précautions y dépose le fils de Dame Mathilde.

— Tes bobos ne sont pas si graves que ce que je craignais, le rassure-t-elle avec douceur. Je vais arranger ça dans mon atelier pour que tu ne puisses plus jamais retomber de ta tapisserie.

— Tu vas la retrouver ta maman, lui affirme avec conviction Eglantine.

— Et de nouveau tu joueras avec ton Chenapan ! Renchérit Alice.

La clef de l'atelier

Seul bruit perceptible dans le silence ouaté du troisième étage, une clef qui s'exaspère dans une serrure réticente.

Sous le regard attentif d'Eglantine et d'Alice en charge du précieux "Mille fleurs", Julie bataille pour ouvrir la porte de l'atelier fermé au public en cette fin d'après-midi.

— Houhou ! Julie !

A cet appel étonnement jovial, les trois

Fasoré détournent vivement la tête.

Surgie du fond de l'allée déserte, une grosse dame aux énormes lunettes d'écaille se précipite vers elles sans se tordre les chevilles malgré la hauteur impressionnante de ses chaussures à talons.

Elle reprend son souffle, une main posée sur sa poitrine généreuse, l'autre sur le chambranle de la porte entrouverte de l'atelier.

— Ah ! Julie, ma chérie ! J'ai fini par te trouver ! S'exclame-t-elle avec une pointe d'accent méridional. A l'accueil, Ils ne t'avaient pas vu passer. Alors je suis remontée. Ça m'étonnait que tu sois déjà partie !

Julie se montre embarrassée.

— C'est que j'ai une urgence !

Sans plus attendre, la restauratrice traverse l'atelier vide suivie des deux filles qui déposent avec précaution la tapisserie qu'elle leur avait confiée sur sa table de travail.

Au lieu de s'en aller, la grosse dame s'empresse de les rejoindre à petits pas étriqués. Sans être capable de le voir, elle passe à côté de Ghosty confortablement réinstallé dans le panier de Lucienne, abandonné près de l'armoire métallique qui renferme quantité de bobines de fil.

Le visage rondouillard d'Antoinette se fend d'un large sourire.

— J'ignorais que tu avais embauché des apprenties ! Elles sont bien mignonnes, ces pitchounettes !

— Mes nièces ! Eglantine et Alice ! Les présente brièvement Julie, sans lever la tête tout en préparant son matériel de restauration.

Sous le regard curieux mais néanmoins plein de sympathie de la grosse dame, les filles bredouillent un bonjour poli.

— Vous ne vous ressemblez pas mesdemoiselles mais peuchère il y a tout de même un petit air de famille entre vous trois !

Julie lève enfin la tête et soupire. La

grosse dame n'a pas bougé.

— Tu sais Antoinette, j'ai encore un boulot monstre. Je ne peux pas me permettre de le laisser en plan ! Qu'est-ce qui t'amène ?

— Oh rien de grave ! Le conservateur de Cluny accompagné de quelques personnes, vient d'arriver pour récupérer "Les Vendanges". Le patron aimerait bien te présenter si tu es disponible.

La jeune femme ne cache pas sa contrariété.

— Oh! Ne te bile pas pour ça, ma chérie ! Finis de faire ce que tu as à faire ! Ils sont dans le bureau à discuter de nos récentes acquisitions et puis le patron va sûrement leur parler de la série de tapisseries à tisser pour la Cité, extraites des beaux films de Miyazaki. Après, il a prévu une visite de la Nef des Tentures avec notre conservatrice. Ils en ont encore pour un bon moment, crois-moi !

Antoinette jette un coup d'œil furtif à sa montre.

— Madre Mia ! On parle ! On parle ! Mais

avec tout ça, je n'ai pas encore sorti le constat d'état des "Vendanges". C'est qu'ils vont en avoir besoin tout à l'heure !

La grosse dame se hâte vers la porte. Elle se retourne brusquement.

— Vous savez ce que c'est qu'un constat d'état, les enfants ?

Les deux filles font Non de la tête.

— Il est très important. Il va permettre de vérifier s'il n'y a pas eu de dégradations de l'œuvre pendant son prêt, par exemple...

Julie prend une large inspiration.

— Allez ! Tu leur expliqueras ça plus tard. Excuse-moi mais il faut que je m'y remette tout de suite et c'est une affaire bien compliquée !

— Je comprends !

— Merci d'avoir eu la gentillesse de venir me prévenir !

— De rien, ma chérie ! Bon courage !

Se trémoussant pour tenter d'amortir le claquement de ses talons sur le sol, Antoinette parvient jusqu'à la porte. Mais au moment de sortir, elle se ravise.

Elle agite sa main potelée pour faire signe aux filles de venir la rejoindre.

— Dites, les pitchounettes, les canistrelli, vous connaissez ? Leur demande-t-elle de sa voix chantante.

Julie qui s'efforce de se concentrer sur son travail, ne peut s'empêcher de pousser un petit soupir d'agacement.

Eglantine et Alice esquissent un pâle sourire de politesse et hochent la tête négativement.

— Peuchère ! C'est trop bon ! Je n'arrive pas à m'en passer ! Votre tata non plus même si elle me soutient que les canistrelli ça tombe directement sur les hanches.

Mais vous, à votre âge, pas de problème. Vous allez liker comme ils disent les jeunes! J'en ai toujours une réserve dans mon tiroir. Je vous en ferai goûter. Mon bureau, c'est simple ! Il se trouve au même étage que celui de l'atelier de votre tata. Administration. C'est écrit sur la porte.

Antoinette consulte une nouvelle fois sa

montre.

— Oh là là ! On bavarde, on bavarde ! J'ai du travail moi aussi. Allez Tchao !

Les filles regardent la grosse dame s'éloigner dans l'allée à petits pas époustouflants de rapidité, en équilibre miraculeux sur ses hauts talons aiguille et entravée par une jupe droite qui moule un popotin si royal qu'il prouve bien que les canistrelli c'est mortel !

Alice referme doucement la porte.

— Ouf ! Souffle-t-elle, contente de retrouver l'intimité de l'atelier.

— Antoinette elle est bien sympa mais je crois que ça sert à rien de lui dire que t'es pas dispo, elle percute pas.

Tout en chuchotant à l'oreille d'Alice, Eglantine remarque le trousseau qui pend, accroché à la serrure.

— Tu veux que je ferme à clef ? propose-t-elle à Julie.

— Ce n'est pas la peine ! Il ne viendra plus personne à cette heure ! Lui répond la restauratrice en se dirigeant vers l'armoire métallique.

Ghosty qui voit les trois Fasoré converger vers lui, s'extirpe tranquillement du panier de Lucienne qu'il avait squatté.
Tout en l'observant bailler et se désengourdir les pattes, Alice s'interroge.
— Julie ! Tu trouves pas ça bizarre l'arrivée d'Antoinette ?
— Qu'elle se soit incrustée comme ça ? Elle t'a fait perdre du temps, renchérit Eglantine.
— Mais non ! Vous vous trompez ! C'est qu'elle est chaleureuse, Antoinette. Elle aime bien bavarder avec tout le monde.
— Et si les Kourox ils avaient murmuré à son oreille ?
La restauratrice secoue la tête sans s'interrompre dans le choix de ses navettes.
— Impossible ! Elle n'est pas Fasoré. Les Kourox n'avaient aucune chance de réussir à l'hypnotiser. Et puis n'oubliez pas que sa venue était totalement justifiée. Non ! Ils ont plutôt ciblé la Fée

des Bois.

— Elle est pas Fasoré, elle non plus ! Relève Alice.

— Tu as raison ! Mais à défaut de pouvoir l'hypnotiser, ils l'ont manipulée habilement pour arriver à leurs fins. Ils ont joué sur son désir fou d'avoir un enfant, lance Julie en retournant à sa table de travail.

Accompagnée des filles, elle dépose sur le sol le panier de Lucienne qu'elle a rempli et choisit une bobine.

Eglantine la regarde enfiler une aiguille et se pencher sur le fils de Dame Mathilde à moitié inconscient.

— Tu vois ! Les Kourox ils ont pas osé nous approcher Alice et moi ! Lui dit-elle avec fierté en repoussant une mèche rebelle de son front.

— Ils n'en avaient pas besoin ! Toutes les deux en venant me chercher de votre plein gré, vous faisiez leur jeu et du coup celui de la Fée des Bois !

— Ouais ! Admet Eglantine.

Elle fronce aussitôt les sourcils.

— Quelle horrible sorcière, celle-là !
Jamais elle nous l'aurait rendu, Colin.
Heureusement qu'il s'est échappé !

Alice hoche la tête avec gravité.

— Elle l'aurait sûrement drogué avec ses
plantes.

— Et elle l'aurait aussi...

— Bon ! Les filles ! J'ai besoin de
concentration ! Les interrompt Julie.

— Ok ! On se tait ! Promet Eglantine,
prenant conscience de la tâche délicate
entreprise par la restauratrice.

Bientôt, sous ses doigts experts, le fils de
Dame Mathilde reprend vie.

Alice tire sur la manche d'Eglantine.

— Il a bougé un pied ! Constate-t-elle
émue.

Bientôt, les yeux grands ouverts, Colin se
met à suivre avec le plus vif intérêt les
figures acrobatiques et aériennes de
Ghosty qui zoupe de contentement au-
dessus de lui.

Il se tortille dans tous les sens pendant que

Julie essaie de passer avec précision son aiguille sous le fil de chaîne pour reconstituer une partie de la trame élimée de sa tunique.

— Rappelez votre chien ! Remettez-le dans le sac à dos ! Il va réussir à me faire piquer de travers ! Finit-elle par dire.

Le visage de l'enfant se rembrunit aussitôt.

Cependant le Cavalier King Charles n'est pas du tout décidé à obéir. Eglantine s'égosille en vain.

— Ghosty ! Intervient Alice. Arrête de zouper ! Tu fais du tort à ton copain. Il sera jamais réparé à temps. Redescends et tiens-toi tranquille !

A l'écoute de cette voix douce mais ferme le chien-fantôme cesse immédiatement de folâtrer dans les airs et atterrit en douceur auprès de l'enfant.

Deux charmantes fossettes creusent instantanément ses joues pâles. Il sourit en caressant l'animal.

— Il me fait grave penser à mon petit

frère! S'attendrit Eglantine. Allez ! Je te prête mon cavalier King Charles, lui propose-t-elle spontanément, à condition que tu ne bouges plus du tout sinon Julie n'y arrivera pas !

L'enfant ravi lui adresse un regard plein de reconnaissance, la main désormais immobile sur le cou de Ghosty.

— Avec les mômes, t'assures nickel ! Lui murmure Alice.

Eglantine lui retourne le compliment.

— Chacun son truc ! Toi c'est avec les animaux !

A présent que le fils de Dame Mathilde ne s'agite plus, le travail avance à toute allure. Le visage de la restauratrice se décrispe.

Elle s'arrête un instant de coudre pour examiner l'ensemble des réparations hâtives qu'elle a réalisées jusque-là. Elle semble satisfaite.

— Il reprend de la vigueur, notre ami ! Confirme-t-elle aux filles.

Eglantine s'enthousiasme.

— Elle l'avait dit Naphtaline ! Tu as des doigts de fée ! On le reconnaît plus le gamin ! Sa mère va être folle de joie. Je vais aller la prévenir.

Très excitée, elle s'élance à travers l'atelier.

— Attends ! Je n'en n'ai plus pour longtemps ! Je préfère qu'on y aille ensemble toutes les trois dès que j'aurai terminé. Nous sommes trop près du but pour ne pas éveiller la malveillance des Kourox, lui rappelle Julie.

Le nez plissé, les babines retroussées, le chien s'est mis soudain à grogner.

— Eglantine ! Reste ici ! S'écrie Alice. Regarde-le, Ghosty ! Il doit déjà flairer leur odeur de pipi !

— Mais non ! C'est juste le mot Kourox qui le fait réagir ! Je reviens tout de suite! S'obstine-t-elle.

Forte de son assurance, elle claque la porte de l'atelier.

Les clefs du trousseau s'entrechoquent dans le barillet de la serrure après son départ précipité.

— Quelle tête de mule ! Soupire Julie en se levant.

Elle fonce jusqu'au placard réservé au personnel, fouille dans son sac à main et en sort des mousses anti-bruit pour les oreilles. Elle les dépose au creux de la main d'Alice.

— Au cours d'une navigation dangereusement contrariée par le dieu Poséidon pour l'empêcher de revenir chez lui, Ulysse a protégé ses marins du chant mortel des sirènes en leur bouchant les oreilles avec de la cire.

— Ah ! C'était ça ton "truc" pour avoir la paix dans ton boulot ! Réalise la jeune fille en contemplant les minuscules objets dans sa paume.

— C'est le moment ou jamais de t'en servir. Mets-les dès que tu sortiras de l'atelier et prends les deux autres pour Eglantine. Dépêche-toi de la rattraper ! Je crains pour elle un coup vicieux des Kourox. Allez file !

Le cavalier King Charles attend déjà impatiemment Alice à la porte.

Elle secoue la tête, ennuyée.

— Non ! Ghosty ! Ça sert à rien que je t'emmène avec moi. Si tu détectes les méchants, je t'entendrai pas. Il vaut mieux que tu tiennes compagnie à Colin. Tu seras plus utile ici.

Calme et déterminée, elle referme à son tour la porte de l'atelier derrière elle sans affoler cette fois les clefs du trousseau de Julie accrochés à la serrure.

Munie de ses précieuses défenses secrètes contre les Kourox, Alice jette un rapide coup d'œil dans l'allée vide.

— Elle a encore dû foncer ! Murmure-t-elle entre ses dents.

Elle se résout à descendre les escaliers en trombe. Mais arrivée sur le palier du premier étage, son cœur bat la chamade.

Elle reconnaît à peine les lieux visités en plein jour par une foule de curieux. La foule, Hop ! Disparue ! Et l'endroit, plus rien à voir !

A présent le jour crépusculaire a pris possession des grandes baies vitrées du musée, la lumière tamisée projette partout des ombres trop mouvantes pour ne pas être suspectes.

∞

Elle n'en mène pas large Alice. Elle ne cesse de se retourner nerveusement jusqu'à ce qu'elle parvienne devant l'entrée de la salle d'exposition de la tapisserie des Vendanges.

A première vue, Eglantine n'est pas là !

Elle soulève avec un peu d'appréhension le bandeau jaune en travers de la porte et pénètre dans la pièce interdite au public, histoire de vérifier.

Pas de doute ! Elle n'y est pas !

La jeune fille risque un coup d'œil discret sur la tapisserie des Vendanges en attente de son constat d'état. Incrédule, elle se frotte les yeux.

Plus de vendangeurs pour cueillir le raisin, le transporter dans les hottes, le fouler au pied, actionner le pressoir et même pour conduire à travers les vignes le cheval attelé à la charrette. Tous sans exception ont laissé leur travail en plan pour venir consoler la mère de Colin assise sur son muret, totalement anéantie.

Comme personne n'a encore remarqué sa présence, Alice s'empresse de quitter les lieux sur la pointe des pieds. Elle court et finit par s'arrêter pour scruter ce vaste espace aux multiples coins et recoins plongés dans une semi-obscurité.

Tendue, retenant son souffle, le regard anxieux, elle espère encore voir Eglantine surgir à tout moment de quelque sombre renfoncement. En vain.

Elle se met à longer une grande vitrine d'exposition qui lui renvoie un vague reflet d'elle-même. Elle frissonne. Il lui semble discerner d'autres formes imprécises et furtives se mouvoir derrière son image floue. Son cœur s'emballe.

 Oppressée, au bord de la panique, elle

rebrousse chemin à toute allure et gravit quatre à quatre la volée de marches qui la ramène au deuxième étage.

C'est bien elle, enfin, devant la porte de l'atelier !
De loin, Alice soulagée agite la main.
— Eglantine ! T'étais passée où ?
En entendant son prénom lancé comme un cri de délivrance, Eglantine, le trousseau de clefs de Julie en main, tourne un visage sans expression vers sa coéquipière.
Aussitôt, sans un mot, elle verrouille rapidement la porte de l'atelier et s'éloigne d'un pas d'automate.
— Attends-moi ! Qu'est-ce qui te prend ?
S'écrie Alice interloquée en accourant vers elle. Mais elle est stoppée net dans son élan par la sensation bizarre d'un souffle chaud dans le cou. Elle tressaille et se retourne.

Un Kourox au visage blême aussi cabossé que la surface de la lune lui sourit de sa bouche édentée qui s'ouvre sur un trou noir. Il la fixe de ses yeux brillants et hypnotiques.

Mais il a beau remuer ses lèvres boursoufflées, baveuses et violacées, Alice n'entend que les battements de son propre cœur qui cogne fort dans sa poitrine.

Réussissant à surmonter son dégoût et sa frayeur elle s'élance pour tenter de rattraper Eglantine qui a déjà atteint le palier.

Mais soudain une nuée de Kourox fond sur elle. Aveuglée, assaillie de toutes parts, incapable de faire un pas de plus, elle protège instinctivement son visage de leur attaque cauchemardesque.

Et tout à coup une trouée inespérée dans leurs rangs serrés. Ghosty, son ange-gardien ! Les crocs menaçants, il se déchaîne pour repousser ses agresseurs mais ils reviennent toujours plus nombreux.

Sortes de méduses visqueuses avec leur tête blafarde, disproportionnée, rattachée à des bras immenses aussi fins que des allumettes, ils l'enserrent. Elle étouffe.

— Johnnie ! Parvient-elle à crier.

Brandissant son épée étincelante, il a jailli du néant Sir Johnnie Walk. Renouant avec son glorieux passé de héros, il bondit au milieu des Kourox. Il ne cible que leur tête. A tour de bras il la pique de la pointe effilée de sa lame. À chaque fois, elle éclate violemment comme un ballon.
Encouragé par son exemple, le cavalier King Charles à ses côtés redouble d'ardeur pour mettre en fuite ceux qui arrivent encore à échapper au courroux du flamboyant guerrier écossais.
L'étau autour d'Alice se desserre. Elle respire mieux. Quand elle ose se redresser, plus aucune trace sur le champ de bataille.

Abasourdie, les yeux rivés sur Johnnie Walk, elle le voit rengainer soigneusement l'épée dans son fourreau, sortir tranquillement sa flasque de l'étui en cuir suspendu à la ceinture de son kilt et se mettre à boire de longues goulées de whisky.

Ghosty à ses pieds en profite pour laper quelques gouttes tombées sur le sol.

Encore sous le choc, Alice retire les mousses de ses oreilles.

— Qu'est-ce que je serais sans vous ! Dit-elle à ses sauveteurs d'une voix altérée par l'émotion.

Mais tout de suite après leur avoir exprimé sa reconnaissance, elle met une main devant la bouche. Un petit cri lui échappe. Sans explication, elle leur tourne le dos à et les abandonne sur place.

Elle court jusqu'à l'atelier de restauration et haletante, tambourine à la porte.

— Julie ! C'est moi Alice !

— Oui ! Je suis là ! Colin est prêt depuis tout à l'heure mais Eglantine m'a enfermée et Ghosty a disparu de l'atelier. Qu'est-ce qui se passe ? Demande la restauratrice à la fois inquiète et agacée.

Elle entend Alice renifler de l'autre côté de la porte close. Elle change tout de suite de ton pour l'interroger avec douceur.

— ...Les Kourox ? C'est ça ?

— Oui ! Lui répond Alice bouleversée.

Elle se tait un instant puis les mots arrivent, ils se bousculent dans sa bouche.

— C'est affreux ! J'ai pas retrouvé Eglantine à temps et ils l'ont hypnotisée. Elle s'est sauvée avec ton trousseau de clefs. J'ai couru après. J'avais bien enfoncé tes bouchons dans les oreilles. Ils m'ont attaquée quand même. Heureusement Ghosty et Johnnie, un ami fantôme à moi, ils m'ont délivrée ! C'est affreux, Julie ! C'est affreux ! Où elle a bien pu passer, Eglantine !

Une injonction lancée d'une voix métallique résonne alors dans tout l'étage vide.

— Evacuation immédiatement ! Le musée prend feu ! Evacuation immédiate !

Alice sursaute, se détourne de la porte de l'atelier et reste sidérée.

Au bout du couloir, Eglantine, les yeux vides, vient de donner l'ordre d'évacuer.

Elle s'avance avec raideur vers l'alarme incendie de l'étage.

— Non ! S'étrangle Alice !

Mais au moment-même où Eglantine s'apprête à commettre l'irréparable, Johnnie avec cette rapidité foudroyante propre aux fantômes, lui met sous le nez sa flasque de whisky.

Il lui en fait longuement respirer les effluves.

Eglantine semble enfin émerger d'un mauvais rêve éveillé. Plus question d'appuyer sur le bouton !

Elle contemple Sir Walk avec effarement, secoue la tête dans l'incompréhension.

— Qu'est-ce que tu fais ici, Jojo ? Lui demande-t-elle hébétée.

— C'est plutôt à toi de répondre à cette question, lui rétorque Alice accourue en toute hâte. Les Faces de Lune ils avaient pris le contrôle de ton esprit. Johnnie il t'a sortie de là avant que tu continues à faire n'importe quoi.

— Oh ! Je me suis rendue compte de rien ! Ils m'ont bien eue ! C'est une chance que tu existes Jojo ! Je te suis profondément reconnaissante d'être venu à mon secours!

Touché, le vaillant écossais s'incline, une main sur le cœur.

— C'est formidable d'avoir un ami comme toi ! Lui crie Alice tout en entraînant rapidement Eglantine jusqu'à la porte close de l'atelier.

— Il faut sauver Colin ! Vite ! Dépêche-toi d'ouvrir à Julie !

Eglantine la dévisage, ahurie.

— C'est quoi, cette histoire ?

Alice s'impatiente.

— T'as volé le trousseau de Julie et tu l'as enfermée. Allez ! Dépêche !

Eglantine fouille fébrilement dans ses poches. Elle se gratte la tête, catastrophée.

— Je sais plus ce que j'ai fait des clefs... Je me souviens seulement que je devais déclencher l'alarme et moi qui rêve de devenir pompier il fallait que j'attendre leur arrivée.

— Oh non ! Enrage Alice.

Elle se tourne pleine d'espoir vers Johnnie qui ne quitte plus désormais les filles, veillant sur elles, telle une mère-poule sur ses poussins.

— Toi, tu pourrais les libérer !

Les épaules de l'impressionnant guerrier écossais s'affaissent d'un seul coup.

— Hélas ! Pendant quarante années de ma vie à croupir dans un cachot, j'ai imaginé toutes sortes d'astuces pour m'en évader et à chaque fois j'ai échoué. Mille millions de cornemuses ! Je ne me sens pas plus avancé aujourd'hui.

— Et Ghosty ! S'exclame brusquement Eglantine. Avec son flair il pourrait très bien nous les retrouver ces clefs !

Alice le cherche des yeux.

— Oui ! Excellente idée !... Mais je le vois nulle part !

— Il est pas resté avec Colin dans l'atelier? S'étonne Eglantine.

— Il a combattu les Kourox avec moi. Il est en train de dormir tout son saoul un peu plus loin ! La renseigne Johnnie.

Quelques minutes plus tard, tous les trois contemplent le chien-fantôme qui ronfle comme une forge, vautré de tout son long sur le palier.

Sir Walk se met à tripoter sa flasque de whisky, un peu gêné.

— Hum ! Je crois qu'il n'a pas trop l'habitude de l'alcool !

— Moi je dirais plutôt qu'il est total ivre-mort !

— Non ! Pas avec les quelques gouttes de whisky qu'il a pu resquiller de ma flasque, l'assure Johnnie.

A demi convaincue, la jeune fille s'agenouille auprès du Cavalier King Charles.

— Ghosty ! OH ohh ! Ghosty ! Réveille-toi !

L'animal tiré de ses ronflements, fait un effort pour ouvrir les yeux. Il reprend peu à peu ses esprits. Il finit par s'asseoir sur son arrière-train et baille à se décrocher la mâchoire, la langue pâteuse.

Eglantine lui présente l'intérieur de ses poches.

— Allez ! Cherche les clefs ! Allez ! Cherche! Il n'y a plus que toi pour nous sortir de là !

Ghosty renifle, se redresse d'un seul coup sur ses quatre pattes et emmène directement son petit monde au premier étage.

Il s'immobilise brusquement devant une poubelle.

Eglantine comprend. Elle se met à balancer fébrilement papiers chiffonnés, tickets d'entrée, emballage de biscuits par-dessus son épaule. Le contenu entier de la poubelle y passe et s'accumule sur le sol.

— Yes ! S'exclame-t-elle soudain en brandissant triomphalement le trousseau de clefs de Julie. Bravo ! Ghosty !

— Il y a encore du monde là-haut ? Le musée ferme au public dans dix minutes ! Alice étouffe un cri.

— Le gardien ! Frémit-elle en identifiant sa voix de stentor. Sauve qui peut !

Les escaliers, le palier du deuxième, le couloir défilent à la vitesse grand V sous les pas précipités des deux filles.

La serrure capricieuse de la porte de

l'atelier ne résiste pas longtemps face à la détermination rageuse d'Eglantine, la porte s'ouvre. Les voilà sauvées !

∞

Julie voit débouler les filles hors d'haleine qui s'engouffrent dans la pièce, puis les deux fantômes qui traversent le mur. Ghosty, lui, termine sa trajectoire spectaculaire au fond de l'atelier. Il rejoint Colin qui l'applaudit des deux mains.

— Le gardien... bredouille Alice affolée. Il nous cherche...

— Derrière l'armoire ! Vite ! Leur lance Julie tout en jetant un coup d'œil sur la haute stature de Johnnie qui se dresse devant elle.

L'imposant guerrier écossais s'empresse de la saluer en déclinant son identité.

— Sir Johnnie Walk au service des nobles causes !

— Julie, restauratrice au service des chefs-d'œuvre en péril !

Les présentations s'arrêtent net car on toque à la porte.

La jeune femme se compose un visage souriant et ouvre sans tarder.

Sur le seuil, Fred triture sa casquette de gardien entre les mains.

— Oh ! Excuse-moi de te déranger, Julie ! Depuis le début de l'après-midi j'ai l'impression de courir après des fantômes. C'est à devenir chèvre !

Sous le regard énigmatique de Johnnie qui lisse ses longues bacchantes, l'homme s'explique.

— D'abord deux gamines mal élevées qui disparaissent sous mon nez dans la Nef des Tentures et puis maintenant une poubelle pleine entièrement renversée au premier. J'ai entendu au second les auteurs de cette incivilité se réjouir de leur exploit ! Une jeune fille, je pense et un certain Ghosty ! Je ne suis pas arrivé à leur mettre la main dessus. Ils ont dû prendre l'ascenseur pendant que je les cherchais à l'autre bout de l'étage.

Julie prend un air navré.

— Ben !... Je ne sais pas quoi te dire, Fred. Il est tard ! Je m'apprêtais à fermer l'atelier. Voilà tout !

— Bon ! Ils sont assurément sortis du musée ! Mon service se termine maintenant. J'ai hâte de rentrer chez moi. Ce jeu de cache-cache m'a épuisé. J'espère que demain la journée sera plus calme ! Bonsoir Julie !

— Allez ! Remets-toi de tes émotions, passe une bonne soirée !

Le gardien remercie, salue la jeune femme et tourne aussitôt les talons.

Resté sur le pas de la porte, Johnnie Walk le regarde avec compassion s'éloigner en grommelant.

Une fois de plus le danger est écarté !

Mais Colin n'en peut plus d'attendre sagement de retrouver sa maman qui se désespère au milieu des pieds de vigne.

Debout sur la table de travail de Julie, il

trépigne d'impatience. Gagné par son excitation, Ghosty tourne autour de lui comme une toupie. Au passage l'enfant essaye de lui attraper la queue au risque d'être déséquilibré.

— Attention ! Tu vas tomber ! Julie elle pourra plus te réparer cette fois ! Lui crie Alice qui quitte sa cachette derrière l'armoire pour se précipiter vers lui.

Eglantine exaspérée, accourt en tendant au chien-fantôme son sac à dos grand ouvert.

— Ghosty ! Arrête ton cirque ! Rentre là-dedans ! L'exhorte-t-elle en vain.

Johnnie Walk pousse alors une sorte de rugissement. De sa grosse poigne, Il attrape le jeune Cavalier King Charles par le cou, le fixe dans les yeux avec sévérité.

— Obéis ! Lui ordonne-t-il.

Il le relâche aussitôt.

Ghosty resté en suspens dans les airs, se dépêche, tout penaud, de disparaître dans le sac à dos.

Colin se calme immédiatement.

Julie pousse un soupir de soulagement.

— Merci, Johnnie !

Elle s'apprête à enrouler le fils de Dame Mathilde dans le Millefleurs pour le transporter jusqu'à la tapisserie des Vendanges avec l'aide des filles.

— Si tu veux, je me charge du gamin. J'irai plus vite ! Lui propose Johnnie.

Quelques minutes plus tard, les filles regardent Sir Walk jucher sur ses larges épaules un Colin ravi.

Elles n'ont pas le temps de suivre le fantôme des yeux jusqu'au bout du couloir. Il est déjà ailleurs.

Il passe en trombe devant les œuvres du musée jusque-là assoupies paisiblement dans leur cadre après le déferlement quotidien épuisant des touristes.

A présent, leurs exclamations de surprise fusent de toutes parts jusqu'au seuil de la salle réservée à la tapisserie des "Vendanges".

Avec délicatesse le guerrier écossais soulève alors l'enfant de ses épaules et le dépose en douceur par terre.

— Maman ! S'écrie le petit garçon, en courant les bras tendus vers sa mère.

Un vendangeur s'empresse de le hisser dans la tenture juste au moment où Julie, Eglantine et Alice pénètrent toutes essoufflées dans la salle d'exposition.

Dame Mathilde bouleversée serre son fils dans les bras, le couvre de baisers et de caresses.

Les trois Fasoré et même Sir Walk assistent aux retrouvailles, émus jusqu'aux larmes.

— Vous resterez à jamais gravés dans mon cœur, leur déclare la mère de Colin, infiniment reconnaissante.

— Je vous aime ! Je vous aime ! Répète son fils en leur envoyant des baisers.

Il tend brusquement l'oreille, prêt à exploser de bonheur.

— Chenapan ! Il m'a entendu !? ... Il m'attend toujours !

Ghosty se met soudain à aboyer. Eglantine et Alice s'aperçoivent qu'il vient de déserter le sac à dos.

Elles le voient brusquement surgir d'un

coin obscur de la salle d'exposition avec la boule de chiffons de Colin.

Il traverse en un éclair la tapisserie et dépose l'objet au pied de son propriétaire. L'enfant caresse affectueusement le dos du cavalier King Charles.

— Elle est pour toi, Ghosty ! Je te la laisse en souvenir !

— Attention, ils arrivent ! Prévient Johnnie qui faisait le guet dans l'allée.

Vite, vendangeurs et seigneurs reprennent chacun leur place dans la tenture. Dame Mathilde rectifie la posture de son fils qui agite une dernière fois la main vers ses amis en signe d'adieu.

Julie offre son mouchoir aux filles pour qu'elles s'essuient les yeux. Pendant ce temps, Ghosty réintègre le sac à dos avec son précieux cadeau.

Il était temps !

Le directeur du musée s'avance en souriant vers la responsable de l'atelier de restauration.

Antoinette, le constat d'état dans les bras,

lance un coup d'œil complice à Eglantine
et Alice. Elle leur montre discrètement un
paquet de canistrelli pendant qu'on
tourne lentement une manivelle pour
descendre la tapisserie des "Vendanges"
jusqu'au sol.

Epilogue

Lundi matin

Dans sa chambre, en pyjama, cramponné d'une main à la crinière de Tornado, brandissant une épée en plastique dans l'autre, Petit Léo galope comme un fou sur le cheval en bois de sa sœur.

— A l'attaque ! Crie-t-il, les joues rouges d'excitation.

Eglantine et Alice assises sur le rebord de

son lit l'encouragent en riant.

— Allez ! Vas-y ! Fonce dans le tas !

— Tue-les tous les méchants Kourox !

Brigitte met brutalement fin à une carrière naissante de super héros.

Elle entre dans la pièce avec une pile de vêtements pliés et repassés qu'elle range soigneusement dans la commode de son fils.

— Dépêche-toi de t'habiller, Léo ! J'ai préparé tes affaires sur la chaise. On part dans un quart d'heure pour l'école !

Petit Léo jette son épée en l'air, saute du cheval en poussant le cri de Tarzan.

Brigitte soupire.

— Il me fatigue ! C'est une pile électrique depuis qu'il est réveillé. Quelle histoire vous avez bien pu lui raconter hier soir pour qu'il soit excité comme ça ?

Elle tend aux filles une feuille de papier qu'elle sort de sa poche.

— Regardez !

Alice sourit, amusée.

— Waouh ! Ghosty et Sir Johnnie Walk

qui combattent les Kourox !

— Pas mal ! Je suis sûre qu'ils se reconnaîtraient si on leur montrait le dessin ! Commente Eglantine.

Sa mère fronce les sourcils.

— Arrête de lui monter la tête avec tes histoires de fantômes ! Ton frère les prend trop au sérieux.

— C'est pas un mal de... Objecte Eglantine.

Alice s'empresse de lui couper la parole.

— On l'a finalement trouvé notre sujet d'exposé pour le cours de Mme Dubois.

Brigitte, en train de reboutonner correctement le gilet que Petit Léo a complètement fermé de travers, approuve vivement.

— C'est une bonne idée de faire découvrir à vos camarades le travail de restauration des tapisseries anciennes, d'autant plus si la cheffe d'atelier accepte de venir en classe pour en parler...

Eglantine consulte soudain son portable.

— Oh ! Maman ! S'écrie-t-elle, Hugo vient de m'envoyer un SMS avant de partir au lycée. On est invitées Alice et moi à passer chez lui en fin de journée.

— Ah ! Une victoire à l'issue des épreuves régionales de moto-cross ça se fête, je suppose ! J'ai entendu ce matin à la radio les résultats sportifs du week-end. Tu féliciteras ton cousin de ma part !

— Et Alice se chargera de découper la photo du vainqueur quand l'article paraîtra dans le journal ! Déclare Eglantine avec perfidie. Hein Alice ?

Brigitte se penche pour lacer les chaussures de Petit Léo sans voir la rougeur qui a envahi le visage de la jeune fille.

— Sois tout de même à l'heure pour le dîner et surtout n'oublie pas tes clefs ! Rappelle-t-elle à sa fille.

— Au moins pour cette fois, pas de souci, Mam' ! Lui répond Eglantine avec un petit clin d'œil complice à Alice qui la fusille du regard.

— On y va, nous ! Bonne journée, les filles!

— Bonne journée, les filles, répète Petit Léo en agitant la main joyeusement.

La porte d'entrée vient de claquer. Alice encore rouge comme une pivoine s'empare d'une peluche qui traîne sur le lit.

— T'es relou, grave, toi ! Je te déteste !

Eglantine pouffe de rire et s'écarte de justesse pour éviter le projectile.

Elle va s'asseoir sur une chaise.

Le visage soudain sérieux, elle se met à tournicoter une mèche de cheveux entre les doigts.

— Je me demande ce qu'ils vont décider ce soir. C'est pas gagné ! Hier quand on a téléphoné à Hugo, on lui a pas caché l'intervention top de Julie, Jojo et Ghosty.

Alice ramasse la peluche qui a atterri sur le tapis et la dépose sur l'oreiller de Petit Léo.

— Au moins il peut pas nous reprocher d'avoir été malhonnêtes dans le rapport qu'on lui a fait sur le sauvetage de Colin.

Eglantine pousse un profond soupir en se levant.

— J'espère qu'ils vont nous donner une deuxième chance pour continuer à faire des repérages pour eux. Aujourd'hui, la journée va être super longue au collège !

Lundi soir
La nuit est déjà tombée en cette fin de journée hivernale. Les filles affrontent en silence le vent glacial du nord qui s'engouffre dans les rues étroites d'Aubusson.
Elles pressent le pas jusque chez Hugo. A la vue de la lumière froide qui éclaire la façade de sa maison, Alice tourne instinctivement les yeux vers le ciel. La pleine lune brille dans le noir absolu. Elle frissonne involontairement en contemplant les zones d'ombre qui parcourent sa surface.
Son regard finit par se détacher du disque énigmatique pour glisser sur le cadran de la Tour de l'Horloge.
— Il est pile 18 Heures ! Annonce-t-elle d'une voix émue.
— C'est bon ! Estime Eglantine en sonnant à la porte d'entrée.

Un gaillard d'une quinzaine d'années, aux allures de basketteur, ne tarde pas à leur ouvrir.

— Moi c'est Alban ! Se contente-t-il de leur dire pour les accueillir.

En silence elles le suivent et grimpent avec lui l'escalier jusqu'au grenier.

Il écarte immédiatement une lourde tenture poussiéreuse qui en occulte l'entrée.

Un grand ado au regard profond se porte tout de suite au- devant des filles.

— Je m'appelle Matthieu ! Les renseigne-t-il tout en les invitant à entrer dans une longue pièce mansardée.

Un sourire bienveillant aux lèvres, il leur désigne une malle placée sous une des fenêtres de toit.

— Asseyez-vous là !

Un peu intimidées en prenant place, Eglantine et Alice découvrent la présence de fantômes disséminés un peu partout dans la pièce qui les observent discrètement.

Elles n'en connaissent aucun et l'éclairage confidentiel d'un nombre insuffisant de lampes-tempête leur confère un aspect presque irréel.

Sur un geste d'Hugo, Alban va refermer soigneusement l'épais rideau et rejoindre l'équipe des Fasoré de la Tour de L'horloge qui s'est regroupée autour de leur chef.

— Ils sont que sept gars pour onze fantômes ! Murmure Eglantine.

Elle pousse Alice du coude.

— Oh ! Je pense que c'est Godefroy, le fantôme de Julie, qui vient de nous adresser un petit signe de la main !

— Ah ! Bon ! Lui répond Alice sans cesser de dévorer Hugo des yeux.

Le chef des Fasoré de la Tour de l'Horloge s'apprête maintenant à prendre la parole.

Il s'éclaircit la voix.

Le silence se fait.

Conscientes de la solennité du moment, les filles se lèvent.

— Votre mission a failli virer à la

catastrophe mais vous avez réussi à sauver Colin.

Les Fasoré de la Tour de l'Horloge ont donc décidé de vous donner une seconde chance d'intégrer leur équipe, leur annonce-t-il.

Votre comportement lors de la prochaine mission qu'ils vous confieront sera décisif.

Alice, rouge de plaisir, baisse les yeux. Quant à Eglantine elle se retient de pousser des cris de joie.

— Par ailleurs, Sir Johnnie Walk qui s'est généreusement porté à votre secours, nous fait l'extrême honneur d'être désormais des nôtres.

Pendant qu'un tonnerre d'applaudissements éclate après l'annonce officielle de cette nouvelle et prestigieuse recrue, le guerrier écossais un peu confus sort d'une armure de chevalier abandonnée dans un coin de la pièce.

— Excusez-moi ! Hum... J'avais très envie de l'essayer. Elle est rudement bien ! Hum... Je ... Je suis très heureux et fier de faire partie de votre communauté.

Alice se penche avec un sourire de satisfaction vers Eglantine.

— T'as remarqué ! Johnnie il porte plus sa flasque de whisky à la ceinture. C'est très bon signe !

Les filles retiennent brusquement leur souffle. Comme tous les participants à cette réunion secrète, elles viennent d'entendre éternuer à plusieurs reprises derrière la tenture poussiéreuse qui a bougé. Tout le monde se tait.

Alban et Matthieu se précipitent pour démasquer l'espion.

— Laissez ! Les empêche Hugo. J'y vais !

Au bout de quelques minutes derrière le rideau qu'il n'a pas voulu écarter, le chef de la T.H revient au milieu de l'assemblée. Il soupire.

— C'était Naphtaline, notre lanceuse d'alerte dans cette affaire du sauvetage de Colin. J'espérais vous la présenter mais rien à faire ! Elle se sent totalement incapable de paraître devant vous.

Il hausse les épaules en s'adressant aux fantômes présents.

— Vous lui faites trop peur ! Désolé !

— Je la comprends, la pauvre ! Ici, je vois aucun copain de son époque à elle! Chuchote Alice à Eglantine

— Ouais ! Mais dans la Nef des Tentures y en a plein !

— C'est sûrement pour ça qu'elle fréquente le musée de la tapisserie.

Hugo vient mettre fin à leurs messes basses.

— On vient de nous signaler un problème dans le quartier de la Terrade, un fantôme qui perdrait la boule, leur confie-t-il.

J'ai besoin de deux volontaires pour enquêter avec moi. Vous seriez partantes, dimanche prochain ?

En réponse, un sourire radieux illumine le visage d'Eglantine et d'Alice en même temps.

FIN
Euh !... Non ! A Suivre !

Mille mercis à Michel Loulergue pour ses conseils judicieux et ses remarques pertinentes.

Toute ressemblance avec des personnages existants (Brigitte, Julie, Léo, Alban, Sabine et Matthieu) est bien réelle.

…Et un clin d'œil complice à Luna et aux fantômes que je salue amicalement

À propos de l'auteur

Martine Leonetti a d'abord enseigné
le français en collège et lycée, puis
plus tard le scénario à la Sorbonne
Nouvelle.

Son grand-père lui racontait des
histoires si belles que, pour
continuer à rêver, elle s'est mise à
écrire pour le théâtre puis pour les
enfants des aventures fantastiques
toujours tournées vers la vie et
l'humour joyeux.
Ce roman-jeunesse est le premier
d'une série des aventures de
l'étonnante Eglantine, de son amie
inséparable, Alice et de leurs copains
fantômes.

Tu viens de faire connaissance avec les personnages du roman. Amuse-toi à les dessiner.

Envoie-moi tes dessins sur mon compte Facebook. Je les publierai sur la page « Un fantôme en danger de mort »

Facebook : Martine Leonetti (auteur)

Printed in Great Britain
by Amazon

72578288R00122